增訂版

簡繁互轉易錯字 辨析手冊

莊澤義 × 編著
趙志峰 × 增訂

目　錄

增訂版序言

繁簡轉換得當　交流更加順暢

漢字在歷代的字典中，動輒以萬計。2013 年國務院公佈的《通用規範漢字表》共計 8105 字，也是個不小的數目。不過，這個字表是分為三級的，一級字表共收 3500 字，是使用頻率最高的常用字集；二級字表共收 3000 字，使用頻率低於一級字；三級字表共收 1605 字，是姓氏人名、地名、科學技術術語等用字。再看小學語文課程綱要的要求，規定習得的漢字數目在 2500-3000 個。其實，會識 2000 字，讀一般的書報是沒什麼問題的。

漢字有這麼多，那其中簡化字到底有多少個呢？國家語言文字工作委員會在 1986 年重新发表的《簡化字總表》分為三個表：第一表收 350 個不作偏旁用的簡化字；第二表所收的是 132 個可做簡化偏旁用的簡化字和 14 個簡化偏旁；第三表，根據第二表所列簡化字和簡化偏旁類推出的簡化字，有 1753 個。我在嶺南大學教實用中文課時，教學生寫簡化字，我告訴他們，主要掌握《簡化字總表》的前兩個表，一共不足 500 字，再熟悉類推簡化出來的第三表就容易多了。按此方法，學生很快就學會了。

據此，我們了解到，並不是每一個漢字都有繁簡對應。"一二三四"和"人手刀口"，筆畫如此簡單，這些字沒有簡繁之分；還有許多筆畫多的字也沒有簡化字對應，如"舞蹈"的"舞"，沒有簡化為"午"，再如"饕餮"（tāotiè，比喻貪吃的人），筆畫這麼多，也沒有把它們簡化。

有多少簡化字這個問題搞清楚了，我們再來分析簡化字又為什麼會和繁體字出現錯位的情況。有一次，我在香港的劇院看內地一家著名京劇團的劇目《范進中舉》。舞台兩旁有字幕，因為是在香港演出，所以就用繁體字。字幕上，"范進"多次成了"範進"，姓"周"錯成姓"週"，姓"卜"錯成姓"蔔"，後來竟然出現"海水不可鬥量"的可笑句子。一場唱腔表演俱佳的演出，就讓這些字幕上的錯字煞了風景！這大概是負責字幕的人員以為在電腦上把簡體的字幕文稿按一個"繁"字就解決問題了。

出現這些錯位情況，就是不了解繁簡對應的情況，以為筆畫多的一定是繁體字。"下面"成了"下麵"，"皇后"成了"皇後"，"白洋淀"成了"白洋澱"，"三百里"成了"三百裏"，這些都是常見的錯例。殊不知一個簡體字可能對應多個繁體字。"一簡對多繁"最容易出錯。例如,一個"干"字,對應着"干、幹、乾"三個字,但是,"干支""干擾"中的"干"還保留不動,而"乾隆""乾坤"的"乾"又沒有簡化為"干"。當然,我舉的這組例子是其中比較複雜的,這也是為了提醒大家,不可想當然地隨便使用這些字,要經過學習了解才能用對。

目前已經公佈的《通用規範漢字表》,涵蓋了《簡化字總表》裏所有的字。類推簡化就限於《簡化字總表》裏的第三表。除此之外,不可以再擴大類推簡化了。因而,簡化字的數目就不可能再增加了。這是我們都要注意的規則。

為了令大家了解簡化字和繁體字正確對應的情況,香港三聯書店早在 1997 年就請香港資深語文工作者莊澤義先生編寫了《簡繁互轉易錯字辨析手冊》一書,出版後受到好評。可惜莊澤義先生英年早逝,但是他的用心仍然留在了書中的字裏行間。

二十年過去,這本書因應新的要求需要增補。中國香港、澳門、台灣和海外的許多朋友需要了解和學習簡化字,中國內地的許多讀者也需要了解和學習繁體字,特別希望在使用中明了繁簡的對應關係,不致出錯。香港三聯書店重新出版此書。新書由原來的簡繁互轉易錯字辨析的 154 組,增為 208 組。在全書釋義的內容上也與時俱進，增添了新的內容，更迭了知識。關於《通用規範漢字表》中正異體字的關係和特殊用法還做了附註說明。

增訂的作者趙志峰博士，是詞典編纂的資深編輯，也曾參與香港三聯書店出版的《現代漢語學習詞典》繁體版的增訂工作。責任編輯鄭海檳先生做了很多的配合工作。他們呈現給大家的是更為好用的一本手冊。適合熟悉繁體字的讀者，也適合熟悉簡化字的讀者使用。

簡化字和繁體字都是漢字，是一家人。我們可以寫繁識簡，也可以寫簡識繁，繁簡都能熟練掌握也並不是什麼難事。程祥徽教授在上世紀提出的"繁簡由之"的說法，一直很受大家歡迎呢！

我們高興地注意到，香港政府的中文網頁，既有繁體版，又有簡體版，服務社會，方便市民，值得點讚！

在此，我誠摯地向港澳台讀者和海內外讀者推薦這本手冊，特別是做文字工作的朋友，有這本手冊傍身，隨時翻看，隨時查檢，使繁簡轉換得當，交流更加順暢！

是為序。

田小琳

2019 年 6 月於香港

初版序言

　　近十多年來，懂繁體字的人開始學簡體，而懂簡體字的人開始學繁體，最近更加形成一個熱潮；這箇中的原因不言而喻，毋庸我在這裏饒舌。

　　平心而論，懂繁體字的人學簡體比起懂簡體字的人學繁體要容易得多。在一個有關簡繁體字的研討會上，我曾建議：想學簡體的香港人只須到圖書館借兩三本內地出版的小說，"囫圇吞棗"地讀一讀，那就基本上解決問題了。

　　懂簡體字的人學繁體比較困難，困難不在於一個簡體字代表一個繁體字，而在於一個簡體字代表兩個或兩個以上的繁體字。簡轉繁時因無法準確判斷該用哪一個而常常鬧笑話：例如把"大汗淋漓"誤轉為"大汗淋灕"，把"干卿何事"誤轉為"幹卿何事"，"沈先生"變成"瀋先生"，"余小姐"變成"餘小姐"……

　　還有，內地在推行簡化字的同時也淘汰了一大批異體字，如：占（淘汰了佔）、布（淘汰了佈）、并（淘汰了並、併）、周（淘汰了週、賙）、雕（淘汰了彫、琱、鵰，最初連凋也淘汰了），可是這些被淘汰了的異體字，在港、台地區仍然當作正體字使用；而它們在實際應用中如何取捨，不僅使想學繁體字的人，而且使本來已經懂得繁體的人都覺得頭大如斗。

這本《簡繁互轉易錯字辨析手冊》正是為了幫助讀者準確掌握簡體繁體、正體異體彼此的轉換而編寫的。編寫一本這樣的書的願望很早就有了，如今得以實現，應該感謝三聯編輯部的首肯和鼓勵。

這本書我編寫得十分用心，也深信對南來的幹部、學生以及香港從事文字工作的編校人員有用。於是，我自己寫了這篇序，很誠摯地向讀者推介。

莊澤義　謹識

1997 年 1 月 12 日

凡 例

❶ 標準：本書以國家 2013 年頒佈的《通用規範漢字表》作為依據，並參考香港地區現行的使用習慣而進行編寫。

❷ 字頭：共收錄 208 組 "簡繁互轉易錯字" 條目，以 "一簡對多繁" 的情況為主，並選取一部分習慣上被視為簡繁關係的正體字及其異體字。為便於描述，書中以 "簡體字" 和 "繁體字" 來統稱上述字際關係。

❸ 字音：每一組字都標注普通話拼音和粵語拼音，其中普通話拼音以 "ー ／ ∨ ∖" 標注聲調，粵語拼音則以 "1、2、3、4、5、6" 標注聲調，並在其後以方括號 "〔 〕" 標示直音。

❹ 釋義：參考多部權威辭書，精要解釋字義、詞義。同時，也注意到香港社會用字規範的實際情況，如在表示 "以粥充飢，比喻生活艱難，勉強度日" 的義項時，一般用 "糊口"，但香港社會卻以 "餬" 字為正寫，像這類情況在書中都會作出說明。

❺ 例詞：在不同義項下，選取典型例詞，便於讀者加深理解。

❻ 易錯指數：每一組字都設有"易錯指數"，這是綜合字際關係和字詞義項的多寡及複雜程度，並參考實際應用的情況而統計得出的，以提醒讀者加以注意。

❼ 辨析：簡繁互轉時容易混淆的字詞，在"辨析"中加以提示。

❽ 附註：除了簡繁互轉外的特殊情況，則在"附註"中另外說明。而且，將《通用規範漢字表》有關"異體字轉正"的情況也全部反映在"附註"中，如"迺""陞""塗"等。

❾ 檢索：正文按筆畫編排，而筆畫數的計算方法按簡體字字頭來計，如"阝"算作二畫，"艹、辶"算作三畫。筆畫相同時，則按起筆的"橫、豎、撇、點、折"為序。書前同時設有筆畫索引和音序索引，滿足讀者的不同檢索需求。

筆畫索引*

---

* 本索引以簡體字作為字頭，後附對應繁體字。

六畫

七畫

音序索引*

---

* 本索引以漢語拼音為序，以簡體字作為字頭，後附對應繁體字。

H

hǎn	厂：厂		1
hàn	扞：扞、捍		54
hé	和：和、龢		133
hè	和：和		133
hōng	哄：哄		165
hǒng	哄：哄		165
hòng	哄：閧		165
hòu	后：后、後		80
hū	糊：糊		252
hú	和：和		133
hú	胡：胡、鬍		156
hú	糊：糊、餬		252
hù	糊：糊		252
huá	划：划、劃		63
huà	划：劃		63
huǎng	晃：晃、提		190
huàng	晃：提		190
huí	回：回、迴		74
huì	汇：匯、彙		45
huó	和：和		133
huǒ	伙：伙、夥		77
huò	和：和		133
huò	获：獲、穫		185
huo	伙：伙		77

J

jī	几：几、幾		3
jī	饥：飢、饑		44
jǐ	几：幾		3
jì	系：繫		112
jì	迹：跡、蹟		177
jì	绩：績、勣		222
jiā	夹：夾		61
jiā	家：家、傢		205
jiá	夹：裌		61
jiǎ	假：假		210
jià	价：價		76
jià	假：假		210
jiān	奸：奸、姦		87
jiāng	姜：姜、薑		178
jié	洁：潔、絜		180
jiè	价：价		76
jiè	借：借、藉		192
jie	价：價		76
jie	家：家		205
jǐn	尽：儘		85
jìn	尽：盡		85
jìng	径：徑、逕		138
jū	据：据		207
jù	巨：巨、鉅		27
jù	据：據		207
juǎn	卷：卷、捲、錈		144

二畫

簡體字

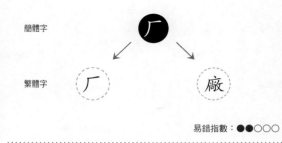

繁體字

厂　廠

易錯指數：●●○○○

厂　曾 ān　粵 am1〔庵〕

"庵"的異體字，用作人名或室號。

厂　曾 hǎn　粵 hon3〔漢〕

山崖石穴。

廠　曾 chǎng　粵 cong2〔敞〕

❶ 工廠：廠房、廠商、製衣廠、造船廠。
❷ 明代的特務機關：廠衛、東廠。

辨析

- 在繁體中，"厂"字極罕用，只是遇到古籍中的引文或古代
  人名、室號便須留心，不要誤轉為"廠"。

二畫

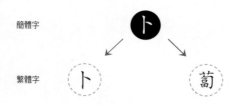

簡體字

繁體字

易錯指數：●○○○○

卜　(普) bǔ　(粵) buk1〔冰谷切〕

❶ 占卜：卜卦、求籤問卜。

❷ 預料：吉凶難卜、存亡未卜。

❸ 選擇：卜宅、卜鄰。

❹ 姓氏（Bǔ）。

❺ 其他組詞：卜算子（詞牌）、卜晝卜夜（不分晝夜地宴樂無度）。

蔔　(普) bo　(粵) baak6〔白〕

蘿蔔。

辨析

● 簡轉繁時，除了"蘿蔔"用"蔔"之外，其他情況都轉換為"卜"。

二畫

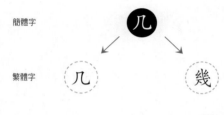

簡體字　几

繁體字　几　　幾

易錯指數：●●○○○

几 〔曾〕jī 〔粵〕gei1〔基〕

小桌子：茶几、窗明几淨。

幾 〔曾〕jī 〔粵〕gei1〔基〕

❶ 近於：幾乎、庶幾近之。

❷ 細微：幾希、幾微。

幾 〔曾〕jī 〔粵〕gei2〔紀〕

❶ 多少：幾多、幾許、幾時、幾個人、人生幾何。

❷ 若干：幾個人、幾百人、十幾歲。

❸ 其他組詞：幾何學、幾何圖形、幾何級數。

辨析

- 在香港，也有許多人在手頭書寫時把"幾"寫為"几"，但是正式刊印前一定要記得轉換為"幾"。
- 簡轉繁時，除了指"小桌子"用"几"之外，其他情況都轉換為"幾"。

二畫

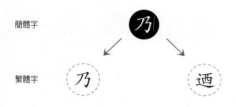

簡體字 乃

繁體字 乃　　迺

易錯指數：●●○○○

乃　嘗 nǎi　粵 naai5〔奶〕

❶ 你，你的：乃翁、乃兄乃弟。

❷ 於是、才：故責己重而責人輕，乃不失平等之真諦。

❸ 卻，竟然：世乃有無父無母之人，痛哉！

❹ 乃是，就是：此人乃一介武夫。

迺　嘗 nǎi　粵 naai5〔奶〕

❶ 姓氏（Nǎi）。

❷ 地名。

附註

● 《第一批異體字整理表》（1955 年 12 月發佈，後同）中，"迺"為"乃"的異體字，今該字也可用於姓氏人名和地名。

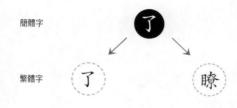

簡體字

繁體字

易錯指數：●●●●○

. . . .

了　普 le　粵 liu5〔瞭〕

助詞：天黑了、車來了、該走了、太好了。

了　普 liǎo　粵 liu5〔瞭〕

❶ 明白：了解、了如指掌、了然於胸、一目了然。

❷ 結束：了結、不了了之、一了百了。

❸ 完全：了無長進、了無懼色、事如春夢了無痕。

❹ 其他組詞：了了（形容聰明慧黠：小時了了，大未必佳）、知了（蟬的別稱）、了得（稱讚本領高強）、了不起。

瞭　普 liǎo　粵 liu5〔里鳥切〕

❶ 明亮：胸中正，則眸子瞭焉。

❷ 明白（亦可寫為“了”）：瞭解、瞭如指掌。

附註

- “瞭望、瞭望台、瞭望哨”的“瞭”（liào）字不簡化為“了”。

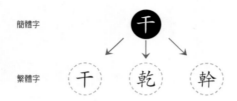

簡體字　　　干

繁體字　　　干　　　乾　　　幹

易錯指數：●●●●●

干　〔普 gān 粵 gon1〔肝〕〕

❶ 盾：干戈、干城（比喻捍衛者）。

❷ 冒犯：干犯、干擾。

❸ 牽連，關涉：干連、干涉、干預、干卿底事（與你何干）。

❹ 請求：干謁（有所求而請見）。

❺ 水邊：河干、江干。

❻ 姓氏（Gān）。

❼ 其他組詞：天干、干支、闌干（即欄杆，古詩文中常用）、若干、一干人等、善罷干休。

乾　〔普 gān 粵 gon1〔肝〕〕

❶ 與 "濕" 相對：乾燥、乾枯、乾旱、口乾舌燥、乳臭未乾。

❷ 加工製成的乾的食品：餅乾、葡萄乾、豆腐乾。

❸ 空虛：外強中乾。

❹ 只具形式的：乾笑、乾嚎、坐領乾薪。

三畫

❺ 徒然：乾瞪眼（形容在一旁着急而又無能為力的樣子）、乾着急。

❻ 拜認的親戚關係：乾親、乾爹、乾媽。

❼ 其他組詞：乾脆、包乾（保證全部完成一定範圍的工作：分段包乾、大包乾）。

幹　🀄 gàn　🀄 gon3〔肝【陰去】〕

❶ 事物的主體或重要部分：主幹、骨幹、軀幹、幹線、幹道。

❷ 做，從事：幹活、幹工作、幹革命、埋頭苦幹、有何貴幹。

❸ 能幹：幹練、幹才、幹將（能幹或敢幹的人）。

❹ 樹的枝莖（亦可寫為"榦"）：樹幹、枝幹。

辨析

- 常見的錯誤出現在該寫"干"的地方誤寫為"幹"。如把"干戈"誤寫為"幹戈"，把"干卿底事"誤寫為"幹卿底事"。
- "包乾、大包乾"是內地常用的詞語，港台文化界比較不熟悉，常誤寫為"包幹、大包幹"。
- "樹幹、枝幹"一般人都用"幹"，但是香港部分小學教科書仍習慣寫為"榦"。

附註

- "乾坤、乾隆"的"乾"（qián）字不簡化為"干"。

三畫

簡體字

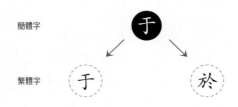

繁體字　于　　　於

易錯指數：●●●●○

于　⦗普⦘ yú　⦗粵⦘ jyu4〔如〕

❶ 文言虛詞，後接動詞，構成動作：于歸（女子出嫁：于歸之喜）、鳳凰于飛。

❷ 姓氏（Yú）。

❸ 其他組詞：于闐（古代西域國名）、于思（鬍鬚：滿臉于思，"思"音"sāi"）。

於　(古籍中亦寫為"于")　⦗普⦘ yú　⦗粵⦘ jyu1〔淤〕

作介詞用：於今、於是、終於、於事無補、問道於盲、青出於藍、苛政猛於虎。

辨析

● 在古文中"于、於"並用，引用古文原文時，是"于"是"於"，須仔細查證核對，不可想當然憑臆想亂寫。

● 作為姓氏的"于"不可誤轉為"於"（"於"是另一姓氏）。

三畫

附註

- 作為以下解釋的"於"不簡化：
  （一）於 Yū
  姓氏。
  （二）於 wū
  ❶ 同"嗚"：於乎、於戲（wūhū，以上兩詞均同"嗚呼"）。
  ❷ 其他組詞：於菟（wūtú，古代楚人稱老虎）。

三畫

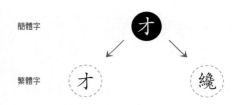

簡體字 才

繁體字 才 纔

易錯指數：●○○○○

才 〔普 cái 粵 coi4〔財〕〕

❶ 才能：才華、才氣、才幹、才具、才智、才子、才女、德才兼備、多才多藝。

❷ 有才能的人：人才、幹才、奇才。

纔 (亦寫為 "才") 〔普 cái 粵 coi4〔財〕〕

❶ 剛剛：方纔、我纔來兩天。

❷ 僅僅：她纔十八歲。

❸ 關聯詞，表示條件：能吃苦，纔有作為。

辨析

● 遇到作為副詞的時候，"才"未必要轉換為"纔"才符合繁體字的規範。繁體字中的"才"也可以作為副詞用，在古詩文中也可以找到例證。

三畫

簡體字

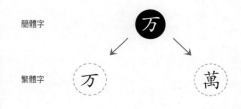

繁體字

易錯指數：●○○○○

. . . .

万　普 mò　粵 mak6〔墨〕
万俟（Mòqí，複姓）。

萬　普 wàn　粵 maan6〔慢〕
❶ 數目字，十個一千：一萬、一千萬。
❷ 形容極多：千山萬水、千千萬萬、萬眾一心、萬
　變不離其宗。
❸ 很，極：萬全之策、萬不得已、萬難從命。
❹ 姓氏（Wàn）。

辨析

- 除了複姓"万俟"用"万"之外，其他情況都轉換為"萬"
  （"萬"字也是常見的姓氏之一）。
- 由於"万俟"這個複姓比較罕見，所以時常被誤寫為"萬
  俟"。

三畫

簡體字

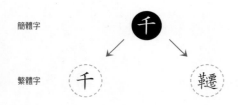

繁體字　　千　　　　韆

易錯指數：●○○○○

千　（普 qiān　粵 cin1〔遷〕）

❶ 數目字，十個一百：一千、兩千米。
❷ 形容極多：成千上萬、千言萬語、千姿百態、千軍萬馬、千秋萬代。

韆　（普 qiān　粵 cin1〔遷〕）

鞦韆。

辨析

● 除了"鞦韆"用"韆"之外，其他情況都轉換為"千"。
● 在古籍中，"鞦韆"亦寫為"秋千"。

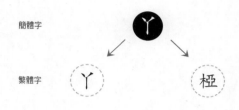

簡體字

繁體字

三畫

易錯指數：●●●○○

- -

丫　[普] yā　[粵] aa1〔鴉〕

❶（樹枝等）前端的分杈：枝丫。

❷ 物體前端的叉形部分：腳丫兒。

❸ 女孩兒：丫頭、丫鬟。

椏　[普] yā　[粵] aa1〔鴉〕

用於人名、地名或科學技術術語。

辨析

- 《第一批異體字整理表》中，"椏"為"丫"的異體字，今該字也可用於人名、地名和科技術語，如"椏溪鎮"（在江蘇）、"五椏果科"。

三畫

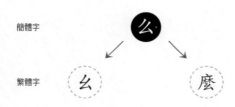

簡體字

繁體字

幺   麼

易錯指數：●●○○○

. . . .

幺（么） 普 yāo 粵 jiu1〔邀〕

❶ 小，排行最尾：幺妹。

❷ 其他組詞：幺麼（微不足道的：幺麼小丑）。

麼 普 me 粵 mo1〔摩〕

❶ 後綴（亦可寫為"末"）：怎麼、什麼、多麼、這麼、那麼。

❷ 歌詞中的襯字：五月的榴花紅呀麼紅艷艷。

附註

● "幺麼小丑"的"麼"（mó）字不簡化為"么"。

● "么"是"幺"的俗體。

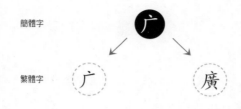

簡體字

繁體字

易錯指數：●●○○○

三畫

广　(魯 ǎn 粵 am1〔庵〕)

同"庵"，多用於人名。

广　(魯 yǎn)

依山崖建造的房子：剖竹走泉源，開廊架崖广。(韓愈詩)

廣　(魯 guǎng 粵 gwong2〔炯枉切〕)

❶ 寬闊：廣闊、廣博、廣廈、廣場、廣義、地廣人稀、心廣體胖、見多識廣、廣為流傳。

❷ 擴大：廣告、廣播、廣開言路。

❸ 地名：廣東、廣西、兩廣、廣州、九廣鐵路。

辨析

● 在繁體字中，"广"字極罕用。除了偶爾在古詩文中出現，指依山崖建造的房子之外，其他情況都轉換為"廣"。

三畫

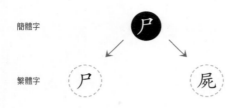

簡體字　　　　　　　　尸

繁體字　　尸　　　　　　　屍

易錯指數：●●●○○

尸 （普 shī　粵 si1〔詩〕）

❶古代祭祀時代表死者受祭的活人：尸祝。

❷居其位而不做事：尸位素餐（居位食祿而不理事）、尸位誤國。

❸書面語，表承擔：其咎將誰尸耶？

屍 （普 shī　粵 si1〔詩〕）

屍體：屍首、死屍、屍骨未寒、屍橫遍野、行屍走肉、借屍還魂、馬革裹屍。

辨析

● 一般人對"尸"字比較生疏，所以常把"尸位素餐"這個成語誤寫為"屍位素餐"。

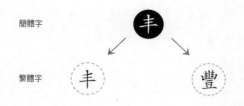

簡體字

繁體字

易錯指數：●●●●○

丰 〔普 fēng〕 〔粵 fung1〔風〕〕
美好的儀表與風度：丰采、丰姿、丰韻、丰神、丰姿
綽約。

豐 〔普 fēng〕 〔粵 fung1〔風〕〕
❶ 豐富：豐盛、豐滿、豐收、豐衣足食。
❷ 形容女子胖得好看：豐腴、豐滿、豐盈、豐肌。
❸ 其他組詞：咸豐（清文宗的年號）、豐碑、豐茂、
　豐功偉績。
❹ 姓氏（Fēng）。

辨析

- 許多人不知道繁體字也有 "丰" 字，總以為它是 "豐" 的
  簡體字，而把 "丰采、丰姿、丰韻" 的 "丰" 誤寫為 "豐"。
- 歷史人物張三丰不可誤寫為 "張三豐"。
- "豐腴、豐滿、豐肌" 都與形容女子胖得好看的身材有關，
  不可把 "豐" 誤寫為 "丰"。

簡體字

繁體字

夫

伕

四畫

易錯指數：●●○○○

. . . .

夫 〔普〕fū 〔粵〕fu1〔膚〕

❶女子的配偶：夫君、夫妻、夫婦、姐夫、前夫、夫唱婦隨。

❷成年男子的通稱：老夫、匹夫、懦夫、一夫當關。

❸稱從事某種體力勞動維持生活的人：船夫、車夫、樵夫、農夫、漁夫、縴夫。

❹姓氏（Fū）。

夫 〔普〕fú 〔粵〕fu4〔符〕

❶代詞，這個，那個：夫人不言，言必有中（這個人不開口說，一開口說必定中肯）。

❷助詞，用於議論的開頭：夫泰山不讓土壤，故能成其大；河海不擇細流，故能就其深。

❸助詞，用於句末，表示感歎：逝者如斯夫。

伕　普 fū　粵 fu1〔膚〕

舊時稱服勞役的人：拉伕、伕役。

辨析

- "夫、伕"二字關係密切，以上義項只有表示"服勞役的人"時可通用，其他義項都用"夫"。

四畫

四畫

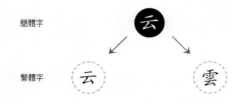

簡體字　　　　　　　　　云

繁體字　　　　云　　　　　雲

易錯指數：●●○○○

- -

云 〔曾 yún 〕〔粵 wan4〔雲〕〕

❶ 說：人云亦云、不知所云。

❷ 古漢語助詞：歲云暮矣。

❸ 其他組詞：云云（在引用他人文句或談話時表示結束或有所省略，有"如此、這樣"的意思）。

❹ 姓氏（Yún）。

雲 〔曾 yún 〕〔粵 wan4〔云〕〕

❶ 天上的雲：雲彩、雲端、雲霞、雲煙、雲泥之別（相差如同天上的雲和地上的泥，形容極大的差別）、雲蒸霞蔚（形容景物燦爛絢麗）、煙消雲散、風起雲湧、壯志凌雲。

❷ 如雲一般：雲鬢（女子多而美的鬢髮）、雲集（從各處來的人聚集在一起）、雲遊四海、雲譎波詭（形容局勢的變幻不定）、疑雲陣陣、行雲流水（形容詩文的流暢灑脫）、風雲人物。

❸ 指雲南（Yún）：雲腿（雲南出產的火腿）、雲貴

高原。

❹ 姓氏（Yún）。

❺ 其他組詞：雲母、雲漢（即指天河）、雲雨（比喻男女歡合）、雲英未嫁。

辨析

- "云"和"雲"是兩個不同的姓氏，要注意區別。

四畫

簡體字　**专**

繁體字　**專**　　**耑**

易錯指數：●○○○○

專　（普 zhuān　粵 zyun1〔磚〕）

❶ 單純的，集中於某一事物或某一方面的：專職、專著、專心致志、專業戶。

❷ 在某種學術技能方面有特長：專家、一專多能。

❸ 獨自（掌握或享有）：專政、專權、專制。

❹ 特別，專門：專誠、專號、專訪、專治皮膚病。

❺ 姓氏（Zhuān）。

耑　（普 duān　粵 dyun1〔多酸切〕）

用於姓氏人名。

辨析

● "專"和"耑"都可作姓氏，但兩者讀音不同。

附註

● 《第一批異體字整理表》中，"耑"為"專"的異體字，今"耑"字可用於姓氏人名，讀 duān。

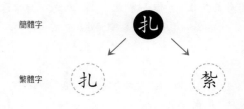

簡體字　扎

繁體字　扎　　紮

四畫

易錯指數：●●●●●

扎 （普 zhā 粵 zat3〔札〕）

❶ 刺：扎手、扎針、扎耳朵眼兒、扎了一刀。

❷ 鑽：扎進人群、扎進水裏。

❸ 廣口瓶或杯（多指盛啤酒的）：扎啤。

❹ 其他組詞：扎實、扎根（植物的根向土壤裏生長，
　比喻深入：在農村中扎根）。

❺ 音譯用字：巴爾扎克。

扎 （普 zhá 粵 zat3〔札〕）

奮力支撐：掙扎（勉強支撐：垂死掙扎）。

紮 （普 zhā（舊讀 zhá）粵 zat3〔札〕）

❶ 量詞：一紮鮮花。

❷ 纏綁：捆紮。

❸ 屯駐：屯紮、駐紮、紮營、穩紮穩打、安營紮寨。

紮 (亦可寫為"扎"，但不常見) 　普 zā 　粵 zat3〔札〕

纏束：紮束、捆紮、紮辮子、紮起褲腳。

四畫

辨析

● 常見的錯誤出現在該寫"扎"的地方誤轉為"紮"，如把"扎實"誤轉為"紮實"。

簡體字　历

繁體字　歷　　曆

易錯指數：●●●●○

歷 〔普〕lì 〔粵〕lik6〔力〕

❶ 經歷，經過：來歷、遊歷、歷史、歷程、歷練、歷盡艱辛、歷時半年。

❷ 各：歷年、歷代、歷次、歷屆。

❸ 遍：歷訪各地。

❹ 清楚：歷歷在目、歷歷可數。

❺ 地名：歷城、歷下亭（以上兩地分別是山東地名及名勝）。

曆 〔普〕lì 〔粵〕lik6〔力〕

❶ 曆法：陰曆、陽曆、農曆、夏曆。

❷ 記錄年月日節氣的書或表：日曆、月曆、曆書、天文曆。

❸ 歷史上的年號都用 "曆"：武周聖曆、唐代宗大曆、唐敬宗寶曆、宋仁宗慶曆、遼穆宗應曆、元文宗天曆、明神宗萬曆。

辨析

● 歷史年號用"曆"而不用"歷",宋仁宗慶曆不可寫為"宋仁宗慶歷",明神宗萬曆不可寫為"明神宗萬歷"。

四畫

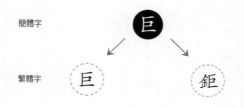

簡體字　　　　巨

繁體字　　　巨　　　　　鉅

四畫

易錯指數：●●○○○

- -

巨　⬤ jù　⬤ geoi6〔具〕

❶ 大：巨大、巨星、巨人、巨頭（大人物）、巨擘
（bò，大拇指，比喻傑出的人物）、巨型、巨著、
巨無霸、老奸巨猾、文壇巨匠。

❷ 姓氏（Jù）：巨毋霸（王莽時期的歷史人物）。

鉅　⬤ jù　⬤ geoi6〔具〕

❶ 大（亦可寫為"巨"）：鉅額、鉅子（大人物）、
鉅細靡遺（大小事情都不會遺漏）。

❷ 表示堅硬的鐵：鉅鐵。

❸ 鈎子：網鉅。

❹ 姓氏（Jù）。

附註

- 《第一批異體字整理表》中，"鉅"為"巨"的異體字，今
"鉅"字可用於姓氏人名、地名。

簡體字 → 升

繁體字 → 升　昇　陞

易錯指數：●●●●○

升　普 shēng 粵 sing1〔星〕

❶ 市升的簡稱：一升米、升斗小民。

❷ 公制容量單位：公升、毫升。

❸ 上升：升旗、升級、升班、升學、升遷、升堂、升天、升降機、提升、擢升、飆升。

昇　普 shēng 粵 sing1〔星〕

❶ 上升（亦可寫為"升"）：旭日東昇、歌舞昇平。

❷ 其他組詞：畢昇（宋朝人，活版印刷發明者）、昇華（物理學術語，固態物質不經液態直接轉化為氣態。比喻人的精神境界由低變高的表現）。

陞 （亦可寫為"升"）　普 shēng 粵 sing1〔星〕

❶ 升：晉陞、陞官、陞官圖（舊時一種遊戲名，列大小官位於紙上，以擲骰子計點數、彩色來定陞降）、連陞三級、步步高陞。

❷ 用於姓氏人名、地名。

辨析

- 除了習慣用 "昇華" 和 "陞官圖" 之外，"昇" 和 "陞" 的其他組詞，都可以用 "升" 代替。
- 作為年號，有 "升" 也有 "昇"，不可互相代替：升平（晉穆帝年號）、昇元（南唐李昇年號）、昇明（南朝宋順帝年號）。

附註

- 《第一批異體字整理表》中，"陞" 為 "升" 的異體字，今 "陞" 字可用於姓氏人名、地名。

簡體字

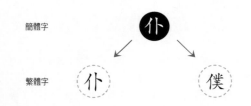

繁體字

四畫

易錯指數：●●○○○

. . . .

仆 〔普 pū 粵 fu6〔付〕〕

向前跌倒：前仆後繼。

僕 〔普 pú 粵 buk6〔病服切〕〕

❶ 僕人：僕役、奴僕、女僕、公僕。

❷ 古時男子謙稱自己。

❸ 其他組詞：僕僕（形容旅途勞頓：風塵僕僕）。

辨析

- 除了表示"向前跌倒"的意思用"仆"字之外，其他情況都轉換為"僕"。

- 由於不明白"風塵僕僕"的"僕僕"二字，所以常把它誤寫為"仆仆"或"撲撲"。

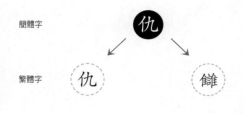

簡體字　仇

繁體字　仇　　讎

四畫

易錯指數：●●●○○

仇 〔普〕chóu 〔粵〕cau4〔籌〕

❶ 仇敵：仇人、仇視、親痛仇快、嫉惡如仇。
❷ 仇恨（跟"恩"相對）：仇冤、記仇、血海深仇、互相仇殺。

仇 〔普〕Qiú 〔粵〕kau4〔求〕

姓氏。

讎 〔普〕chóu 〔粵〕cau4〔籌〕

❶ 校對，校勘：校讎。
❷ 出售。

附註

● 《第一批異體字整理表》中，"讎"為"仇"的異體字，現"讎"可以用於"校讎、讎定、仇讎（仇敵）"等詞，對應的簡體字為"讎"，其他意義用"仇"。因此，簡轉繁時，姓氏用字等義項，保持不變，仍作"仇"。

簡體字　仑

繁體字　侖　　崙

易錯指數：●○○○○

....

侖 ⟨普⟩ lún ⟨粵⟩ leon4〔輪〕

❶（吳語）自思，自省：你肚裏侖一侖。

❷姓氏（Lún）。

崙 ⟨普⟩ lún ⟨粵⟩ leon4〔輪〕

用於"崑崙"，也寫作"崘"。

簡體字

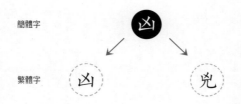

繁體字　　凶　　　　兇

四畫

易錯指數：●●●●●

. . . .

凶　 🔊 xiōng　 🔊 hung1〔空〕

❶ 不吉利，與"吉"相對：凶兆、凶事、凶耗、凶多吉少、吉凶難卜、逢凶化吉、凶終隙末（交友有始無終）、凶神惡煞。

❷ 年成不好：凶年饑歲。

❸ 喧囂：凶凶（亦寫為"訩訩"）。

兇　 🔊 xiōng　 🔊 hung1〔空〕

❶ 兇惡：兇狠、兇猛、兇橫、兇悍、兇殘、兇險、兇相畢露。

❷ 行兇：兇手、兇犯、兇徒、疑兇。

❸ 厲害：鬧得很兇、雨勢很兇。

辨析

- 錯誤往往出現在該寫"凶"的地方誤寫為"兇"。例如把"凶耗"誤寫為"兇耗"，把"凶多吉少"誤寫為"兇多吉少"。

- 成語"凶神惡煞"的"凶"，習慣上不寫為"兇"。

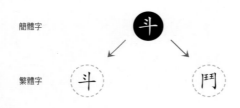

簡體字　　斗

繁體字　　斗　　鬥

易錯指數：●●○○○

斗 〔普 dǒu 粵 dau2〔抖〕〕

❶ 古代的容量單位：一斗米、升斗小民、車載斗量、才高八斗。

❷ 舊時量糧食的器具，容量正好一斗。

❸ 像斗的東西：漏斗、煙斗。

❹ 指星宿：泰斗（"泰山北斗"的省稱，比喻受到極度尊崇的人）、斗轉星移、氣衝斗牛、滿天星斗。

❺ 其他組詞：斗室（比喻極小的屋子）、斗膽（即大膽）、斗笠、斗篷、斗筲之人（鄙陋淺薄的人）。

鬥 〔普 dòu 粵 dau3〔對咒切〕〕

❶ 對打，爭鬥：鬥爭、鬥嘴、打鬥、械鬥、困獸猶鬥、明爭暗鬥。

❷ 使動物對打用來賭博：鬥牛、鬥雞、鬥蛐蛐兒。

❸ 比賽：鬥棋、鬥智。

辨析

- 由 "斗" 組成的詞對年輕人來説仍比較陌生,所以在簡轉繁的時候,遇到由 "斗" 組成的詞語,該轉換為 "斗" 或 "鬥",下筆仍須小心。

四畫

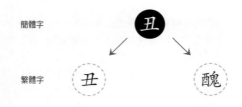

簡體字

繁體字 丑 醜

易錯指數：●●●●○

丑 （普 chǒu 粵 cau2〔醜〕）

❶ 地支（子丑寅卯……）第二位。

❷ 丑時，舊式計時法，指夜裏一時至三時。

❸ 姓氏（Chǒu）。

❹ 戲曲角色行當，扮演滑稽人物：文丑、武丑、小
丑、丑角、生旦淨末丑。

醜 （普 chǒu 粵 cau2〔丑〕）

❶ 與 "美" 相對：長相很醜、醜八怪（指長得很醜
的人）。

❷ 叫人厭惡或瞧不起的：醜陋、醜惡、醜態、醜類
（泛稱惡人、壞人）、醜劇、醜化、醜表功（不知
羞恥地吹噓自己的功勞）、出醜、家醜不可外揚。

辨析

● 在戲曲裏，與小生相比，小丑的扮相醜陋得多，因而在簡
轉繁的時候常被誤寫為 "小醜"。

簡體字

繁體字

易錯指數：●○○○○

朮　普 zhú　粵 seot6〔述〕

❶ 白朮、蒼朮（二者都是中藥名）。

❷ 歷史人名：完顏兀朮（金國將領，俗稱金兀朮）。

術　普 shù　粵 seot6〔述〕

❶ 技藝：技術、美術、不學無術。

❷ 方法：戰術、權術。

❸ 其他組詞：術科、術語。

辨析

● 簡轉繁時，除了藥名"白朮、蒼朮"用"朮"之外，其他情況都轉換為"術"。

簡體字　札

繁體字　札　　　　箚

易錯指數：●●○○○

札 （普 zhá 粵 zat3〔扎〕）

❶ 古代寫字用的小而薄的木片。

❷ 書信：大札（尊稱對方來信）、書札、簡札、手札。

❸ 舊時的一種公文：札子。

❹ 筆記：札記（文體名：讀書札記。亦可寫作"箚記"）。

箚 （普 zhá 粵 zat3〔札〕）

目箚（中醫學病名，指兒童眨眼的毛病）。

辨析

● 簡轉繁時，除了"目箚"之外，其他情況都轉換為"札"。

附註

● 《第一批異體字整理表》中，"箚"為"札"的異體字，今 "箚"可用於科學技術術語，如中醫學中的"目箚"。

簡體字

繁體字

易錯指數：●●●○○

布 〔普 bù 粵 bou3〔報〕〕

❶ 棉織物或麻織物：棉布、麻布、布帛、布匹、布鞋。

❷ 譯音用字：布丁、布殊（美國前總統）、布拉格。

❸ 姓氏（Bù）。

❹ 其他組詞：布依族、布朗族（二者都是中國的少
　數民族）、布穀鳥、布政司、布衣之交。

佈 （古籍中亦寫為 "布"） 〔普 bù 粵 bou3〔報〕〕

❶ 宣告，宣傳：宣佈、發佈、公佈、佈道、此佈周
　知、開誠佈公。

❷ 散佈：分佈、遍佈全國、陰雲密佈、星羅棋佈。

❸ 佈置：佈局、佈防、舞台佈景。

辨析

● "布政司" 和 "布穀鳥" 的 "布" 習慣上不寫 "佈"。

● 在一些公告、文件上，港台社會習慣用 "布"（指 "宣告"）
　而不用 "佈"，如 "宣布、公布、發布" 等。

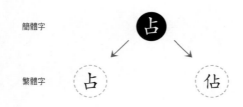

簡體字　　　　　　　　　　占

繁體字　　　　　占　　　　　　　佔

易錯指數：●●●○○

占　〔普〕zhān　〔粵〕zim1〔尖〕

❶占卜：占卦、占夢、占星（以觀察星象來推斷吉凶）、占星術、早占勿藥（祝願別人早日恢復健康的套話）。

❷姓氏（Zhān）。

占　〔普〕zhàn　〔粵〕zim3〔尖【陰去】〕

口授，唸出：口占一絕（以口唸出絕句一首）。

佔（古籍中亦寫為"占"）　〔普〕zhàn　〔粵〕zim3〔尖【陰去】〕

據有：佔有、佔據、佔領、佔先、佔優勢、佔便宜、佔上風、佔大多數、佔為己有、鵲巢鳩佔。

辨析

● 簡轉繁時，容易把"占卜、口占一絕"的"占"誤以為是簡化字而轉換為"佔"。

● "早占勿藥"常被誤寫為"早沾勿藥"。

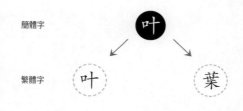

簡體字　叶

繁體字　叶　　葉

易錯指數：●●○○○

叶 〔普〕xié 〔粵〕hip6〔協〕

和洽，相合：叶韻、叶律。

葉 〔普〕yè 〔粵〕jip6〔頁〕

❶ 樹葉：葉落歸根、金枝玉葉、粗枝大葉、一葉落而知天下秋。

❷ 一個較長時間的分段：二十世紀中葉。

❸ 姓氏（Yè）。

❹ 其他組詞：葉縣（在河南）、葉（舊讀 shè）公好龍。

辨析

- "葉公好龍"不要誤寫為"叶公好龍"。
- 簡轉繁時，與和協音韻有關的時候用"叶"，其他情況都轉換為"葉"。

五畫

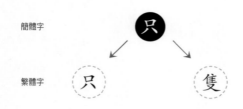

簡體字

繁體字

易錯指數：●○○○○

只 （祇、衹） 🔊 zhǐ 🔊 zi2〔止〕

僅，僅有：只有、只會、只好、只怕、只求。

隻 🔊 zhī 🔊 zek3〔摭〕

❶ 單獨：隻身、形單影隻。

❷ 量詞：一隻鳥、兩隻腳。

❸ 其他組詞：隻眼（獨到的看法：獨具隻眼）。

辨析

- 不要以為"只"是簡化字，而簡轉繁時總是把它轉換為"祇" 或"衹"，其實在繁體字裏也有"只"字，"祇、衹"只不 過是它的異體字（而且並不常用）而已。

附註

- "祇"用於表示地神，讀"qí"，不簡化為"只"。

簡體字

繁體字

易錯指數：●○○○○

冬 〔普 dōng 粵 dung1〔東〕〕

❶ 冬季：寒冬、隆冬、冬眠、冬扇夏爐（比喻不合時宜、毫無用處的東西）。
❷ 象聲詞：丁冬（亦可寫為"叮咚"）作響。
❸ 姓氏（Dōng）。
❹ 其他組詞：冬烘先生（不識世務的書呆子）。

鼕 〔普 dōng 粵 dung1〔東〕〕

形容鼓聲：鼓聲鼕鼕。

辨析

● 簡轉繁時，除了作為象聲詞時用"鼕"之外，其他情況都轉換為"冬"。

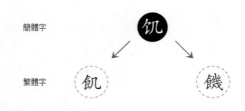

簡體字　饥

繁體字　飢　饑

易錯指數：●●○○○

飢　⦗普⦘ jī ⦗粵⦘ gei1〔基〕

餓：飢餓、飢腸轆轆、飢不擇食、飢寒交迫、面有飢色、畫餅充飢、煮字療飢（靠賣文為生）。

饑　⦗普⦘ jī ⦗粵⦘ gei1〔基〕

五穀歉收的荒年：饑饉、饑荒。

辨析

● 雖然很多辭典都說"飢"和"饑"可以通用，但是"饑饉、饑荒"習慣上還是寫為"饑"而不寫"飢"。

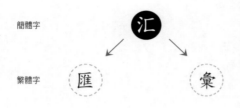

簡體字

繁體字

易錯指數：●●●●○

匯 （普 huì 粵 wui6〔會〕）

❶ 水流會合在一起：匯合、匯流、匯聚。
❷ 郵匯：匯款、匯票。

彙 （亦可寫為 "匯"） （普 huì 粵 wui6〔會〕）

❶ 聚合而成的書：字彙、詞彙。
❷ 綜合，聚集：彙刊、彙編、彙集、彙報。

辨析

- 簡轉繁時，表示水流會合、款項劃撥及外匯，只能用 "匯"。
- "滙豐銀行" 習慣上用異體字 "滙"。

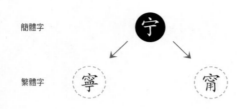

簡體字　宁

繁體字　寧　甯

易錯指數：●●●○○

寧　〔普〕níng　〔粵〕ning4〔檸〕

❶ 平安，安定，安靜：安寧、寧靜、寧帖、雞犬不寧。

❷ 使安定：息事寧人。

❸ 省親，問安：寧親、歸寧父母。

❹ 南京的別稱（Níng）。

❺ 指寧夏（Níng）。

❻ 姓氏（Níng）。

寧　〔普〕nìng　〔粵〕ning4〔檸〕

❶ 寧可，寧肯：寧願、寧死不屈、寧折不彎、寧缺毋濫。

❷ 難道，豈：王侯將相，寧有種乎？

甯　〔普〕Nìng　〔粵〕ning4〔檸〕

姓氏。

辨析

● "甯、寧"二者表示不同的姓氏,要注意區別。

附註

● 《第一批異體字整理表》中,"甯"為"寧"的異體字,今 "甯"字可用於姓氏人名。

五畫

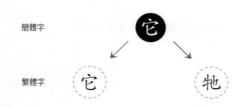

簡體字

繁體字

易錯指數：●○○○○

它　〔曾 tā 粵 taa1〔他〕

❶ 人稱代詞，指稱人以外的事物：水是生命之源，誰也離不開它。

❷ 姓氏（Tā）。

牠　〔曾 tā 粵 taa1〔他〕

稱人以外的動物：牠們。

附註

● 類似情況，亦可見 "他 / 她" 與 "牠" 的區分，"牠" 主要用於對神的稱呼上。

● 第一次提到某人或事物時，不能用 "他" 或 "它"，只能用 "這、那"。比如指着一樣東西，我們可以問：這（那）是什麼？

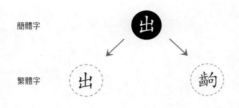

簡體字

繁體字　　出　　　　　　　齣

易錯指數：●○○○○

出 〔普 chū 〕〔粵 ceot1〔黜〕〕

❶ 與 "入" 相對：出去、出門、出國、出奔、出口
成章、出生入死。

❷ 顯露：出名、出面、出醜、出頭露面。

齣 〔普 chū 〕〔粵 ceot1〔黜〕〕

量詞：一齣戲。

辨析

● 簡轉繁時，除了戲劇用 "齣" 之外，其他情況都轉換為
"出"。

簡體字　发

繁體字　發　　髮

五畫

易錯指數：●○○○○

發　（普 fā）（粵 faat3〔法〕）

❶ 送出，交付：發貨、分發。

❷ 發射：發炮、百發百中。

❸ 發生：發芽、發電、戰爭爆發、山洪暴發。

❹ 流露：發笑、發怒、發火、發慌、發脾氣。

❺ 引起：發人深省。

❻ 量詞：一發炮彈。

❼ 其他組詞：發揚光大、奮發圖強、雄姿英發。

髮　（普 fà）（粵 faat3〔法〕）

❶ 頭髮：白髮、髮型、髮廊、髮妻（元配的妻子）、
髮小兒（自小、從小一起玩兒的朋友）、結髮夫
妻、怒髮衝冠、令人髮指、千鈞一髮、間不容
髮、青山一髮（形容遠處青山細如一髮）。

❷ 古代長度單位，十毫為髮：毫髮不差。

辨析

● 簡轉繁時，除了頭髮和表示長度單位時用 "髮"，其他情況
都轉換為 "發"。

五畫

簡體字

繁體字 台 臺 檯 颱

易錯指數：●●●●○

台 〔普 Tāi 粵 toi4〔抬〕〕

地名：台州、天台（以上兩地都在浙江）。

台 〔普 tái 粵 toi4〔抬〕〕

❶ 敬辭：台端、台鑒、台覽、台啟、台安、兄台。
❷ 姓氏（Tái）。

臺 （亦可寫為 "台"）〔普 tái 粵 toi4〔抬〕〕

❶ 平而高的建築物：平臺、高臺、瞭望臺、亭臺樓閣。
❷ 高出地面便於講話、表演的場地：講臺、舞臺、主席臺。
❸ 與舞臺有關的：上臺、登臺、臺詞、臺風。
❹ 臺灣的簡稱（Tāi）：港澳臺、臺海局勢。
❺ 做座子的器物：燭臺、燈臺、日曆臺。
❻ 量詞：一臺戲、一臺機器、一臺電視機。

檯（亦可寫為"枱"）　🔊 *tái* 🔊 *toi4*〔抬〕

桌子或類似桌子的器物（香港習慣說"檯"而不說"桌"）：書檯、寫字檯、梳妝檯。

颱　🔊 *tái* 🔊 *toi4*〔抬〕

颱風。

辨析

- 常見的錯誤出現在該寫"台"的地方誤寫為"臺"，如把"天台山"誤寫為"天臺山"，把作為敬辭的"台端、兄台"誤寫為"臺端、兄臺"（雖然古籍中也有寫作"臺端"的，但是現在習慣上都寫為"台端"而不寫"臺端"）。
- 廣東"台山"習慣上寫為"台"，讀 *tái*。
- 簡體字中的"台风"，轉繁後，可能轉為"颱風"；如果指演員或歌星表演的風度，則轉為"臺（台）風"。簡轉繁時，須特別留神。

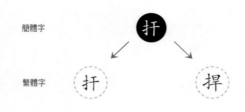

簡體字

繁體字

易錯指數：●●●○○

六畫

扞　〔普〕hàn　〔粵〕hon6〔翰〕
觸犯：扞格不入、扞當世之文綱。

捍　〔普〕hàn　〔粵〕hon6〔翰〕
防衛，抵禦：捍禦、捍衛、捍拒。

辨析

● 簡轉繁時，表示 "扞格" 的意義，只能用 "扞"，不能轉為
　"捍"。

簡體字

繁體字

易錯指數：●○○○○

扣 　普 kòu　粵 kau3〔叩〕

❶ 套上，搭住：扣鈕子、把門扣上。
❷ 減去：扣除、折扣。
❸ 拘留：扣留、扣押。
❹ 戴上：扣帽子。
❺ 敲，擊：扣門、扣鐘、扣人心絃。
❻ 結子：繩扣、打一個活扣。
❼ 織布機上的筘：絲絲入扣。

釦 （亦可寫為 "扣"）　普 kòu　粵 kau3〔叩〕

紐釦：衣釦、銅釦、釦子。

辨析

● 簡轉繁時，除了紐釦可用 "釦" 之外，其他情況都轉換為 "扣"。

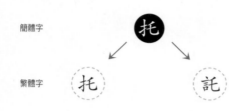

簡體字　　　托

繁體字　　　托　　　　　託

易錯指數：●●○○○

六畫

托 〔普〕 tuō 〔粵〕 tok3〔託〕

❶ 承舉：托着下巴、托塔天王、和盤托出。

❷ 襯：襯托、烘托、烘雲托月。

❸ 譯音用字：托（托洛斯基）派、烏托邦、托爾斯泰。

託 〔普〕 tuō 〔粵〕 tok3〔托〕

❶ 委付，寄託：委託、信託、託孤（臨終前把兒女託人撫養）、託夢、所託非人、徒託空言。

❷ 請求：拜託、託人講情。

❸ 推諉，假借：推託、託辭、託故、託病。

❹ 依賴：託大、託賴、託福、託庇。

辨析

● 雖然辭典上有説，凡是用 "託" 的地方都可以用 "托" 字代替，但是在實際應用中，涉及口頭囑咐的一般都用 "託" 而少用 "托"。

● 在香港，"信託" 習慣上寫 "託" 而不寫為 "托"；而 "托兒所" 習慣上寫 "托" 而不寫為 "託"。

簡體字 揚

繁體字 揚　　　颺

易錯指數：●●○○○

六畫

揚 （普 yáng 粵 joeng4〔楊〕）

❶ 高舉搖動，向上升：策馬揚鞭、趾高氣揚。
❷ 向上播散：揚湯止沸、曬乾揚淨。
❸ 傳播，傳佈：揚言、揚名立萬、懲惡揚善。
❹ 指長得漂亮（多用於否定）：其貌不揚。
❺ 飛揚，飄揚：楊柳輕揚。

颺 （普 yáng 粵 joeng4〔楊〕）

用於人名。

附註

● 《第一批異體字整理表》中，"颺" 為 "揚" 的異體字，今 "颺" 字可用於人名。

簡體字

繁體字

易錯指數：●●○○○

六畫

朴 （普 pō 粵 pok3〔璞〕）
朴刀（一種舊式兵器）。

朴 （普 pò 粵 pok3〔璞〕）
朴樹（落葉喬木）。

朴 （普 Piáo 粵 piu4〔瓢〕）
姓氏。

樸 （普 pǔ 粵 pok3〔璞〕）
樸實：儉樸、樸實、樸素。

辨析

- 由於"朴"字比較生僻，所以簡轉繁時常在該寫"朴"的
  地方誤轉為"樸"，如把"朴樹"誤轉為"樸樹"，把姓"朴"
  誤轉為姓"樸"。

簡體字

繁體字

易錯指數：●○○○○

六畫

夸 （普 kuā 粵 kwaa1〔姱〕）

❶ 姓氏（Kuā）：夸父（古代神話人物：夸父追日）。

❷ 譯音用字：夸克、夸脫（英美制容量單位）。

誇 （普 kuā 粵 kwaa1〔姱〕）

❶ 誇大：誇張、誇口、誇飾（一種修辭手法）、誇誕、誇大其詞、誇誇其談。

❷ 誇獎：誇讚、誇耀。

辨析

● 在古籍中，表示"誇大"也有用"夸"字的，須特別留意。

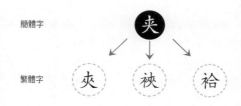

簡體字　夹

繁體字　夾　裌　袷

易錯指數：●●○○○

六畫

夾　⟨普⟩ jiā（舊讀 jiá）⟨粵⟩ gaap3〔英〕

❶ 從相對的方向用力，使物體固定不動：夾菜、書裏夾着一張書籤。

❷ 夾在腋下（亦可寫為 "挾"）：夾着公事包。

❸ 從兩邊夾住，處在中間：夾攻、夾道、夾縫、夾心餅乾、兩山夾一水。

❹ 摻雜：夾雜、狂風夾着暴雨。

❺ 夾子：衣夾、髮夾、皮夾、文件夾。

裌　（亦可寫為 "夾"）⟨普⟩ jiá ⟨粵⟩ gaap3〔英〕

雙層的：裌襖、裌被。

袷　⟨普⟩ qiā ⟨粵⟩ gaap3〔英〕

用於 "袷袢"，指維吾爾、塔吉克等民族穿的一種外衣，圓領，對襟。

六畫

附註

● 《第一批異體字整理表》中，"袷"為"夾"的異體字，今
"袷"字可用於"袷袢"，指一種外衣，讀 qiǎ。

簡體字　划

繁體字　划　　劃

易錯指數：●●●●○

六畫

划 〔普〕huá 〔粵〕wa4〔華〕

❶撥水前進：划船、划槳。

❷合算（亦可寫為"化"）：划得來、划不來。

❸其他組詞：划拳（即猜拳，亦可寫為"豁拳"）。

劃 〔普〕huá 〔粵〕wa4〔華〕

❶用尖銳的物體在平面上擦過：刻劃（用刀在竹木玻璃上刻劃花紋，與文學上的人物"刻畫"不同）、劃玻璃、手上劃了一個口子。

❷摩擦：劃根火柴。

劃 〔普〕huà 〔粵〕wak6〔或〕

❶劃分：劃界、劃時代、劃清界限。

❷比劃（亦可寫為"畫"）：指手劃腳。

❸設計（古籍中亦寫為"畫"）：計劃、謀劃、策劃、出謀劃策。

❹ 一致：整齊劃一。

辨析

- "計劃、謀劃" 中的 "劃" 不宜寫為 "畫"，"計畫、謀畫" 均作異形詞處理，不再推薦使用。
- "筆畫" 不宜寫為 "筆劃"。

六畫

易錯指數：●○○○○

當　(普 dāng　粵 dong1〔襠〕

❶ 相稱：旗鼓相當、門當戶對。
❷ 應當：該省則省，當用則用；有句話不知當說不當說。
❸ 面對：當面、當仁不讓、首當其衝。
❹ 正在：當今、當場。
❺ 擔任，承受：擔當、敢做敢當、當之無愧。
❻ 掌管：當家、當權。
❼ 抵擋：螳臂當車、萬夫不當之勇。
❽ 從事：當一天和尚撞一天鐘。

當　(普 dàng　粵 dong3〔檔〕

❶ 合宜：恰當、適當。
❷ 認為：當真、我當他是張三。
❸ 圈套：上當。
❹ 抵押實物借錢：典當、當舖。

噹 _普 dāng _粵 dong1〔襠〕

象聲詞:"噹"的一聲。

辨析

- "當"在古文中可作"抵擋"解,所以"螳臂當車"不必寫
  為"螳臂擋車"。
- 簡轉繁時,除了作為象聲詞用"噹"之外,其他情況都轉
  換為"當"。

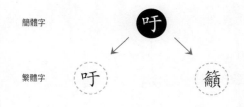

簡體字　　　　　　　　　吁

繁體字　　吁　　　　　　　　　籲

易錯指數：●●○○○

六畫

吁　(普) xū　(粵) heoi1〔虛〕

❶ 歎氣：長吁短歎。
❷ 張口出氣的聲音：氣喘吁吁。

籲　(普) yù　(粵) jyu6〔預〕

為某種要求而呼喊：呼籲、籲請、籲求。

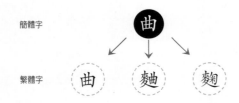

簡體字　　　　　曲

繁體字　　　曲　　　麴　　　麴

易錯指數：●○○○○

六畫

曲　曾 qū　粵 kuk1〔傾谷切〕
❶ 與 "直" 相對：曲線、彎腰曲背、是非曲直。
❷ 姓氏（Qū）。

曲　曾 qǔ　粵 kuk1〔傾谷切〕
❶ 一種韻文形式：元曲。
❷ 歌曲：曲調、戲曲、高歌一曲。

麴（亦可寫為 "麴"）　曾 qū　粵 kuk1〔傾谷切〕
釀酒或製醬時引起發酵的塊狀物，用某種黴菌和大麥、大豆、麩皮等製成：酒麴。

麴　曾 Qū　粵 kuk1〔傾谷切〕
姓氏。

辨析

● 簡轉繁時，除了表酒母用"麴"和姓氏之外，其他情況都轉換為"曲"。

附註

● 《第一批異體字整理表》中，"麯"為"麴"的異體字，今"麯"字可用於姓氏人名。

六畫

簡體字　吊

繁體字　吊　　　弔

易錯指數：●●●○○

六畫

吊　（普）diào （粵）diu3〔釣〕

❶ 懸掛：店舖前吊着兩盞紅燈籠。

❷ 用繩子等繫着往上提或往下放：吊一桶水上來、把工具吊下礦井。

❸ 把球巧妙地打到對方防守薄弱的地方：近網輕吊、打吊結合。

❹ 收回（發出去的證件）：吊銷。

❺ 量詞：一吊錢。

弔　（普）diào （粵）diu3〔釣〕

祭奠死者或慰問遭到喪事的人家、團體：弔喪、弔唁、憑弔、形影相弔。

附註

- 在《常用字字形表》裏"吊""弔"職能分工明確，不相混，如"弔民伐罪"。
- "弔詭"（表示奇異、怪異）用"弔"。

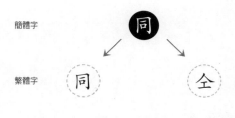

簡體字

繁體字

易錯指數：●●○○○

六畫

同　🔊 tóng　🔊 tung4〔童〕

❶ 相同，一樣（跟"異"相對）：同年彷彿、同心同德。

❷ 跟某事物相同，同於：人同此心，心同此理。

❸ 共同，協同：會同、陪同。

❹ 一齊，一同：同甘共苦、同唱一首歌。

❺ 介詞：同不良現象做鬥爭、今年氣候同去年不一樣。

❻ 姓氏（Tóng）。

仝　🔊 Tóng　🔊 tung4〔童〕

姓氏。

辨析

● "仝"是"同"的異體字，但在表示姓氏時，"同"和"仝"是兩個不同的姓氏。

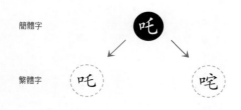

簡體字　　　　　　　　吒

繁體字　　　吒　　　　　　　　咤

易錯指數：●●●○○

六畫

吒　普 zhā　粵 zaa1〔渣〕

❶ 用於神話中的人物，如《封神演義》中的哪吒、
金吒、木吒等。

❷ 用於地名：吒祖村（在廣西）。

咤　普 zhà　粵 zaa3〔詐〕

吼叫，歎息：叱咤、歎咤。

辨析

● 簡轉繁時，人名、地名用字使用傳承字"吒"。

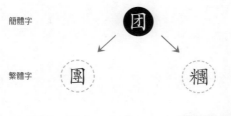

簡體字

繁體字

易錯指數：●○○○○

六畫

團 　(普) tuán　(粵) tyun4〔臀〕

❶ 會合：團聚、團結、團圓。

❷ 工作或活動的組織：主席團、代表團、參觀團、旅行團。

❸ 軍隊編制單位：團長、警衛團。

❹ 量詞：一團毛線、一團和氣。

❺ 其他組詞：團團圍住。

糰 　(普) tuán　(粵) tyun4〔臀〕

用米粉做成的丸形食物：米糰、湯糰、糰子。

辨析

● 簡轉繁時，除了指丸形食物用 "糰" 之外，其他情況都轉換為 "團"。

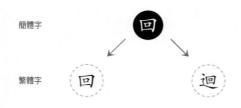

簡體字　回

繁體字　回　　迴

易錯指數：●●●○○

六畫

回　〔普 huí 粵 wui4〔洄〕〕

❶ 回還：回家、回鄉、回歸、回升。

❷ 掉轉：回頭、回想、回顧、回憶、回馬槍、回過
身來、不堪回首、百折不回。

❸ 答覆：回答、回覆、回信、回報、回敬。

❹ 量詞：來了一回、聽過兩回、這是另一回事、
一百二十回抄本《紅樓夢》。

迴　(古籍中亦寫為"回")　〔普 huí 粵 wui4〔洄〕〕

曲折環繞：迂迴、巡迴、迴廊、迴環、迴旋、迴轉、迴
繞、迴盪、迴避、迴文詩、迴光返照、迂迴曲折、峰迴
路轉、迴腸盪氣。

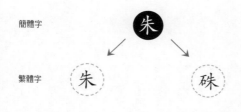

簡體字

繁體字

易錯指數：●○○○○

六畫

朱　（普 zhū　粵 zyu1〔豬〕）

❶ 紅色：朱紅、朱門、朱顏、朱脣皓齒。
❷ 姓氏（Zhū）。

硃　（亦可寫為 "朱"）　（普 zhū　粵 zyu1〔豬〕）

❶ 硃砂：一種鮮紅色的礦物顏料。
❷ 其他組詞：硃批（古時皇帝用硃筆在奏章上的批
　示）。

辨析

● 簡轉繁時，除了指硃砂的 "硃" 及其組詞 "硃批" 之外，
　其他情況都轉換為 "朱"。

簡體字　价

繁體字　价　　　價

易錯指數：●●●○○

六畫

价 〔普 jiè 粵 gaai3〔戒〕〕

信使，僕役：貴价、小价、恕乏价催（請原諒，沒有僕役前去催請。—— 請帖上的客套話）。

價 〔普 jie 粵 gaa3〔嫁〕〕

❶助詞，相當於 "地"：格格價響、成天價忙。

❷助詞，某些方言裏，用於否定詞後加強語氣：不價、別價、甭價。

價 〔普 jià 粵 gaa3〔嫁〕〕

價格，價值：價目、售價、高價、重價、身價。

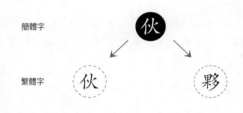

簡體字 伙

繁體字 伙 夥

易錯指數：●●●○○

六畫

伙 　曾 huǒ 　粵 fo2〔火〕

飲食：伙食、伙夫、伙房、開伙、搭伙、退伙。

伙 　曾 huo 　粵 fo2〔火〕

用於個別詞語：家伙（亦寫為"傢伙"，對人的謔稱：你這個家伙真壞）、私伙（粵語方言詞，指私人的物件）。

夥（亦可寫為"伙"）　曾 huǒ 　粵 fo2〔火〕

❶ 同伴：夥伴、夥計。

❷ 由同伴組成的集體：入夥、團夥（內地指為非作歹的小集團）、成群搭夥。

❸ 聯合：合夥、夥同。

❹ 量詞：一夥人、分成兩夥。

辨析

- "傢伙"不可以寫為"傢夥"。
- 表示"加入伙食團體",用"搭伙";表示"合為一夥",用"搭夥"。

附註

- 作為"眾多"解釋的"夥"(如"眾夥、獲益甚夥、地狹人夥")不簡化為"伙"。

六畫

簡體字

繁體字

易錯指數：●●●●○

向　⟨普⟩ xiàng　⟨粵⟩ hoeng3〔棄醬切〕

❶ 朝着，面對：朝向、向東、向前、向日葵、所向無敵、向隅而泣、女生外向。

❷ 傾向：志向、動向、内向、人心所向。

❸ 從前，往昔：向來、一向。

❹ 臨近：向晚、向曉。

❺ 姓氏（Xiàng）。

嚮　⟨普⟩ xiàng　⟨粵⟩ hoeng3〔棄醬切〕

❶ 引領：嚮導。

❷ 傾心：嚮往、嚮慕。

辨析

● "嚮往、嚮慕" 常被誤寫為 "響往、響慕"，須特別留神。

附註

● "响" 是 "響" 字的簡化字，而不是 "嚮" 字的簡化字。

簡體字　后

繁體字　后　　　後

易錯指數：●●●○○

六畫

后 （普 hòu　粵 hau6〔候〕）

❶ 古代稱君主：后羿（夏朝有窮國的國君，傳說他是嫦娥的丈夫）、皇天后土。

❷ 君主的妻子：皇后、天后、皇太后、后妃。

❸ 姓氏（Hòu）。

後 （普 hòu　粵 hau6〔候〕）

❶ 與 "先" 相對：後面、後輩、後悔、後來居上、後患無窮。

❷ 與歷史有關的一些組詞：後漢、後梁、後唐、後晉、後周、李後主（李煜，南唐君主，詞人）。

辨析

- 簡轉繁時，常見的錯誤出現在該用 "后" 的地方誤轉為 "後"，如把后羿誤轉為 "後羿"，把 "后妃" 誤轉為 "後妃"。

- 簡轉繁時，遇到人名、地名、書名中的 "后"，該轉換為 "后" 還是 "後"，要慎重核實查證。

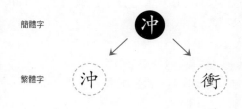

簡體字 冲

繁體字 沖　衝

易錯指數：●●●●●

六畫

沖　(普) chōng　(粵) cung1〔聰〕

❶ 用水注入：沖泡、沖茶、沖服、沖淡。

❷ 沖洗，被水沖走：沖刷、沖決、沖垮、沖毀。

❸ 相忌：相沖相剋。

❹ 山區的平地：沖田、韶山沖。

❺ 其他組詞：沖沖（感情激動的樣子：興沖沖、怒氣沖沖）、沖喜（古人迷信，以辦喜事來化解已發生或即將發生的凶事）、沖積、脈沖、脈沖星。

衝　(普) chōng　(粵) cung1〔聰〕

❶ 交通要道：要衝、衝要、首當其衝。

❷ 向前或向上急衝，突破障礙：衝鋒、衝擊、最後衝刺、衝出重圍、衝口而出、橫衝直撞、怒氣衝天、一飛衝天、直衝霄漢、怒髮衝冠、氣衝斗牛。

❸ 牴觸、爭鬥：衝突、衝犯（亦寫為"沖犯"，唯"沖犯"多用於對鬼神的冒犯，"衝犯"則多用於對人的冒犯）。

❹一種天文現象:兩天體處於赤道或黃經差 180°
時,稱為"衝"。

衝 🔊 chòng 🔊 cung3〔聽【陰去】〕

❶對,朝着:衝着我笑、窗戶衝北。

❷衝壓:衝床、衝模。

❸氣味濃烈:酒味兒很衝。

六畫

辨析

- "沖、衝"二字音同義近,使用時極易混淆,如把"洪水沖
  垮堤壩"誤寫為"洪水衝垮堤壩",把"怒氣沖沖"誤寫為
  "怒氣衝衝",等等;下筆宜多留神。

- 在表示"直向上飛"的意思時,香港亦可寫為"沖",如"一
  飛沖天""氣沖斗牛"等。

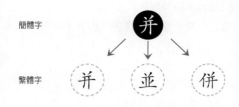

簡體字

繁體字

易錯指數：●●●●●

并 （普 Bīng 粵 bing1〔冰〕）

地名：并州（古代地名，在今山西太原。後來以"并"
作為太原的別稱）、并州剪刀（太原出產的名牌剪刀）。

并 （普 bìng 粵 bing6〔避靜切〕）

"並"的異體字。

並 （普 bìng 粵 bing6〔避靜切〕）

❶ 一起，同時存在或同時進行：並重、並列、並
排、並肩、並舉、並進、並行不悖、並駕齊驅、
相提並論。

❷ 連詞，並且。

❸ 副詞，實在，放在否定詞前，加強否定語氣：他
並不糊塗。

併 普 bìng 粵 bing3〔報性切〕

把兩件東西合在一起：合併、歸併、併吞、併購、兩手併攏。

辨析

- 在古籍中，"並、併"常有通用的情況。
- "并州"較為生僻，簡轉繁時，常被誤轉為"並州"。

六畫

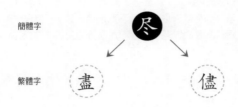

簡體字 　　　　　盡

繁體字　　　畫　　　　　儘

易錯指數：●●●●●

六畫

畫 （普 jìn 粵 zeon6〔自潤切〕）

❶ 全，所有：盡日、盡數、盡人皆知、盡如人意。

❷ 竭盡：盡心、盡興、盡忠報國、仁至義盡、一言難盡。

❸ 終止：無窮無盡、春蠶到死絲方盡。

❹ 效力：盡職、盡責、盡人情、盡義務。

儘 （普 jǐn 粵 zeon2〔准〕）

❶ 極盡，最快：儘早、儘快、儘先、儘可能。

❷ 任憑：儘管。

❸ 老是：這些日子儘下雨。

辨析

● 簡轉繁時，最常出現的錯誤是在該用 "儘" 的地方誤寫為 "盡"，如把 "儘管" 誤轉為 "盡管"，把 "儘早、儘先、儘快" 的 "儘" 誤轉為 "盡"。

● 雖然《現代漢語詞典》把 "盡量" 和 "儘量" 兩個詞作了

區分 —— 盡量（飯量、酒量達到最大限度：盡量吃吧）、
儘量（力爭達到極限：你要儘量爭取最佳成績），但是一般
人在以上兩種意義的情況下，都不加區分地只用"盡量"。

六畫

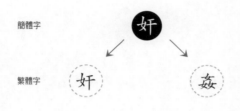

簡體字　　奸

繁體字　　奸　　姦

易錯指數：●○○○○

六畫

奸 　⑪ jiān　⑧ gaan1〔艱〕

❶ 奸狡：奸詐、奸邪、奸計、奸商、老奸巨猾、狼
　狽為奸。
❷ 不忠：奸臣。
❸ 出賣國家、民族利益的人：漢奸、內奸。

姦 　⑪ jiān　⑧ gaan1〔艱〕

不正當、強暴的性行為：姦淫、姦情、姦夫、通姦、
強姦。

簡體字　　　　　纤

繁體字　　　纖　　　　　縴

易錯指數：●●○○○

六畫

纖 〔普 xiān 粵 cim1〔簽〕〕

❶ 細小、小巧：纖細、纖巧、纖纖玉手。

❷ 其他組詞：纖維。

縴 〔普 qiàn 粵 hin3〔憲〕〕

❶ 拉船前進的粗繩：拉縴。

❷ 其他組詞：縴夫（用粗繩拉船前進的勞動者）、縴手（給人介紹房地產買賣的人）。

辨析

● 簡轉繁時，除了與拉船前進有關的詞用 "縴" 之外，其他情況都轉換為 "纖"。

簡體字　　坛

繁體字　　壇　　罎

易錯指數：●●○○○

七畫

壇　(普 tán　粵 taan4〔彈〕)

❶ 台：天壇、神壇、祭壇、登壇作法。

❷ 界：文壇、體壇、歌壇、影壇。

❸ 活動場所：論壇。

罎　(罈)　(普 tán　粵 taan4〔彈〕)

口小肚大的陶器：酒罎、菜罎、罎罎罐罐。

辨析

● 簡轉繁時，除了指陶製用器用 "罎" 之外，其他情況都轉
　換為 "壇"。

簡體字　折

繁體字　折　　　摺

易錯指數：●●●○○

折 〔普 shé〕〔粵 sit6〔舌〕〕
❶虧損：虧折、折本生意。
❷斷：腿折了、寧折不彎。

折 〔普 zhē〕〔粵 zit3〔節〕〕
翻轉：折騰。

折 〔普 zhé〕〔粵 zit3〔節〕〕
❶弄斷：折斷、折枝、攀折、骨折。
❷彎曲：曲折、折腰、折射。
❸返回：折回、折返、轉折、轉折點。
❹挫辱：折磨、折辱、挫折、百折不回。
❺減損：折福、折壽、折損、折價、折舊、折扣、
　不折不扣、損兵折將。
❻戲目中的一個片斷：折子戲、這齣戲我剛看完了
　一折就悶得受不了。

七畫

❼ 其他組詞：曲折、折衷、夭折。

摺　(普 zhé 粵 zit3〔節〕)

摺疊：摺紙、摺扇、存摺、奏摺、摺疊椅。

辨析

● "骨折" 與 "手／腿折了" 的 "折" 讀音不同，須留心辨讀。

簡體字

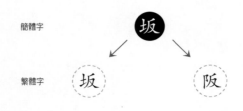

繁體字　坂　　　　　阪

易錯指數：●●○○○

坂 ⊜ bǎn ⊜ baan2〔版〕

山坡，斜坡：峭坂、下坂走丸（比喻無阻礙而迅速）。

阪 ⊜ bǎn ⊜ baan2〔版〕

❶ 同 "坂"：阪田（崎嶇貧瘠之地）。

❷ 用於地名：大阪（在日本）。

❸ 姓氏（Bǎn）。

辨析

• 《第一批異體字整理表》中，"阪" 為 "坂" 的異體字，今 "阪" 可以用於地名，如 "大阪"。

七畫

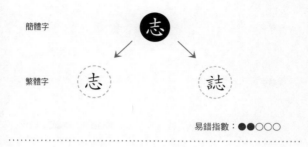

簡體字

繁體字

易錯指數：●●○○○

志 〔普 zhì〕〔粵 zi3〔至〕〕

志向，意志：志氣、志願、志同道合、雄心壯志、專心致志。

誌 （古籍中亦寫為"志"） 〔普 zhì〕〔粵 zi3〔至〕〕

❶ 表示：誌哀、誌喜。
❷ 記錄下來的文字：雜誌、日誌、縣誌、地方誌。

辨析

● 作為文體名稱的"志怪小説"，"志"習慣上不寫為"誌"。
● 簡轉繁時，遇到古籍書名（如《三國志》、《東周列國志》），到底是"志"還是"誌"，要仔細核實查證。

簡體字　芸

繁體字　芸　薹

易錯指數：●●○○○

芸　（曾 yún 粵 wan4〔雲〕）

❶ 香草名，即芸香。

❷ 姓氏（Yún）。

❸ 其他組詞：芸芸眾生（芸芸：眾多）。

薹　（曾 yún 粵 wan4〔雲〕）

薹薹，油菜的別稱。

辨析

● 簡轉繁時，除了薹薹用 "薹" 之外，其他情況都轉換為 "芸"。

簡體字

繁體字

易錯指數：●●●●○

. . . .

克 （普）kè （粵）hak1〔刻〕

❶ 戰勝：克服、克復失地、攻無不克、克敵致勝、以柔克剛。

❷ 約束：克制、克己復禮、奉公克己。

❸ 能夠：克勤克儉、不克分身、未克出席。

❹ 公制重量單位：一克、一千克。

❺ 譯音用字：克什米爾、克里米亞。

剋 （普）kè （粵）hak1〔刻〕

❶ 限定（古籍中亦寫為"克"）：剋期、剋日完工。

❷ 制伏：相生相剋、罪惡剋星。

❸ 其他組詞：剋扣、剋食（消化）。

附註

● 作為"訓斥、打人"解釋的"剋"讀 kēi，不簡化為"克"。

簡體字　苏

繁體字　蘇　甦　囌

易錯指數：●●●○○

蘇 〔普 sū 粤 sou1〔鬚〕〕

❶ 植物名：紫蘇、白蘇。

❷ 指江蘇（Sū）：蘇劇。

❸ 指蘇州（Sū）：上有天堂，下有蘇杭。

❹ 指蘇維埃（Sū）：蘇區。

❺ 指蘇聯（Sū）：中蘇邊境。

❻ 絲狀的下垂物：流蘇。

❼ 蘇醒：復蘇（亦寫作"復甦"）。

❽ 在困難中得到解救：休養生息，以蘇民困。

❾ 姓氏（Sū）。

甦 〔普 sū 粤 sou1〔鬚〕〕

用於人名。

囌 〔普 sū 粤 sou1〔鬚〕〕

用於"嚕囌"，形容說話囉唆。

辨析

- 在"嚕嗉"一詞中使用"嗉"。
- 在表示"蘇醒"意義時,也可寫作"甦"。

附註

- 《第一批異體字整理表》中,"甦"為"蘇"的異體字,今 "甦"字可用於人名。

七
畫

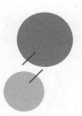

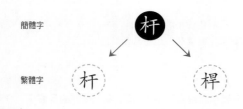

簡體字　杆

繁體字　杆　　桿

易錯指數：●●○○○

杆　（曾 gǎn　粵 gon1〔干〕）

❶ 長竿：旗杆、桅杆。

❷ 其他組詞：欄杆。

桿　（亦可寫為"杆"）　（曾 gǎn　粵 gon1〔干〕）

❶ 比"杆"小的棍狀物體：槍桿、秤桿、筆桿、煙袋桿、大腸桿菌。

❷ 量詞：一桿槍。

❸ 其他組詞：槓桿原理。

辨析

- 雖然在讀 gǎn 音的時候，"杆"和"桿"是正異體字的關係，但是目前實際使用的趨勢傾向於寫"桿"，只有在讀 gān 的時候才寫"杆"。這也便促成了"杆"和"桿"在用法上有了分工：大型的棍狀物寫"杆"（gān），小型的棍狀物則寫"桿"（gǎn）。

七畫

簡體字

繁體字　　杠　　　　　　　槓

易錯指數：●●○○○

杠（曾 gāng）

書面語，橋或旗杆。

槓（亦可寫為"杠"）（曾 gàng 粵 gong3〔降〕）
❶ 扛物的粗棍：槓子、抬槓子（比喻故意爭嘴）。
❷ 某些運動器材：單槓、雙槓、高低槓。
❸ 其他組詞：槓桿（gǎn）原理。

辨析

- 雖然讀 gàng 的時候，"杠"和"槓"可以通用，但是使用習慣上傾向於寫"槓"而不寫"杠"。

七畫

簡體字　村

繁體字　村　邨

易錯指數：●○○○○

村 （普 cūn 粵 cyun1〔穿〕）

❶ 村莊，村落：山村、鄰村、村寨。

❷ 指某些居民小區、別墅或賓館：華僑新村、度假村。

❸ 粗俗：村野、村夫俗子、他說話太村。

❹ 姓氏（Cūn）。

邨 （普 cūn 粵 cyun1〔穿〕）

用於人名。

辨析

● 在香港，表示公共屋邨時多寫作"邨"。

● 在表示"粗俗"和"姓氏"的意義時，不能轉為"邨"。

七畫

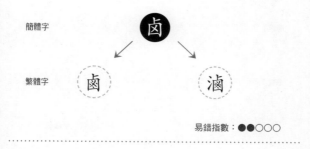

簡體字

繁體字

易錯指數：●●○○○

七畫

鹵 〔普〕lǔ 〔粵〕lou5〔老〕

❶ 鹵素：鹵族、鹵元素、鹵化物。

❷ 粗率（亦可寫為"魯"）：鹵鈍、鹵莽。

滷 〔普〕lǔ 〔粵〕lou5〔老〕

用滷汁烹製的：滷蛋、滷肉、滷味。

辨析

● 簡轉繁時，除了與滷製食物有關的用"滷"之外，其他情
　況都轉換為"鹵"。

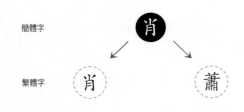

簡體字　　肖

繁體字　　肖　　　蕭

易錯指數：●●●○○

肖 〔普〕Xiāo 〔粵〕siu1〔消〕

俗用作姓氏"蕭"的簡寫。

肖 〔普〕xiào 〔粵〕ciu3〔俏〕

相似，相像：酷肖、逼肖、生肖、維妙維肖。

蕭 〔普〕Xiāo 〔粵〕siu1〔消〕

姓氏。

七畫

附註

- 作為姓氏之外的用法，"蕭"簡化為"萧"，如萧瑟、萧森、萧疏、萧萧。
- 在內地，歷史人物姓蕭的也不簡寫為"肖"，如萧统。

簡體字

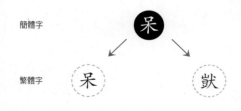

繁體字

易錯指數：●●○○○

呆 （普 dāi 粵 ngoi4〔皚〕）

❶ 耽擱：在這裏不能久呆。

❷ 死板：呆板、呆若木雞。

七畫

獃 （亦可寫為"呆"） （普 dāi 粵 ngoi4〔皚〕）

❶ 遲鈍：癡獃、書獃子、獃頭獃腦。

❷ 發愣：發獃、嚇獃了。

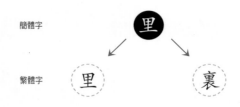

簡體字　**里**

繁體字　**里**　　　　**裏**

易錯指數：●●●●○

七畫

里　(普) lǐ　(粵) lei5〔李〕

❶ 街坊：鄰里、大鄉里（粵語方言詞）、左鄰右里。
❷ 家鄉：故里。
❸ 長度單位：一里。
❹ 用於一些象聲詞：噼里啪啦。
❺ 譯名用字：新德里、里拉（意大利貨幣單位）。

裏　(裡)　(普) lǐ　(粵) lei5〔李〕

❶ 裏面、內部：手裏、屋裏、書裏、話裏有話。
❷ 表示地點：這裏、那裏。
❸ 作為一些四字熟語中的襯字（也可寫為 "里"）：
　 土裏土氣、妖裏妖氣、糊裏糊塗。
❹ 其他組詞：行家裏手（指熟悉某領域業務的人）。

辨析

● 簡轉繁時，作為 "街坊" 解釋的 "里" 常被誤寫為 "裏"，
　 如把 "鄉里、鄰里、里弄" 誤轉為 "鄉裏、鄰裏、裏弄"。

簡體字

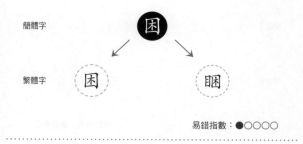

繁體字

易錯指數：●○○○○

困 〔曾 kùn 粵 kwan3〔睏〕〕

❶ 陷在艱難痛苦中或受環境、條件的限制無法擺脫：困惑、為情所困、被問題困住了。

❷ 包圍：圍困、困守、困獸猶鬥。

❸ 困難：困苦、困厄、內外交困。

❹ 疲乏：困乏、困憊、人困馬乏。

睏 〔曾 kùn 粵 kwan3〔困〕〕

❶ 疲倦思睡：睏得睜不開眼。

❷ 睡：睏覺、睏一會兒。

辨析

● 簡轉繁時，除了指睡或思睡用 "睏" 之外，其他情況都轉換為 "困"。

七畫

簡體字　別

繁體字　別　　　彆

易錯指數：●●●○○

- -

別 〔普 bié 粵 bit6〔蹩〕〕

❶ 分離：分別、告別、久別重逢。
❷ 另外：別人、別有用心、別開生面。
❸ 區分：區別、辨別、天壤之別。
❹ 類別：性別、職別、派別。
❺ 不要：別難過。

彆 〔普 biè 粵 bit6〔蹩〕〕

彆扭（① 不通：這句話聽起來很彆扭。② 不正常：他
的脾氣很彆扭。③ 吵鬧，賭氣：鬧彆扭）。

辨析

- 簡轉繁時，除了彆扭用 "彆" 之外，其他情況都轉換為
  "別"。
- 不要把 "彆" 跟 "憋" 和 "鱉" 兩字混淆；"憋" 和 "鱉"
  並不簡化為 "別"。

附註

● 憋 biē

　❶ 抑制：憋足了勁頭、憋了一肚子氣。

　❷ 悶：憋悶、心裏憋得慌。

● 彆 bié

　腳腕子或手腕子受了傷：彆腳（形容質量差、本領弱：彆腳貨）。

簡體字

繁體字

易錯指數：●●●○○

七畫

帳 (普 zhàng 粵 zoeng3〔脹〕)

❶ 帳子：蚊帳、營帳、帳篷。
❷ 帳目：記帳、查帳、帳簿、帳單。
❸ 債：欠帳、賒帳、討帳、還帳。

賬 (普 zhàng 粵 zoeng3〔脹〕)

❶ 賬目：記賬、查賬、賬簿、賬單。
❷ 債：欠賬、賒賬、討賬、還賬。

附註

● 在繁體裏，"賬" 常寫為 "帳"。
● 繁轉簡時，"賬" 則轉為 "账"，而非 "帐"。

簡體字

繁體字

易錯指數：●●○○○

七畫

佣 🈁 yòng 🈁 jung2〔擁〕

佣金：回佣。

傭 🈁 yōng 🈁 jung4〔容〕

❶ 僱用：僱傭、僱傭兵。
❷ 僕人：菲傭、女傭。

辨析

- 簡轉繁時，最常見的錯誤是在該用 "傭" 的地方誤寫為 "佣"，如把 "傭人" 誤轉為 "佣人"。
- 在表示勞資關係時，使用 "僱傭"；作動詞時，使用 "僱用"。

簡體字

繁體字

易錯指數：●●●○○

余 　普 yú　粵 jyu4〔如〕

❶ 我：余老矣、余生也晚。

❷ 姓氏（Yú）。

餘 　普 yú　粵 jyu4〔如〕

剩下：剩餘、餘錢、不遺餘力、劫後餘燼、虎口餘生、殘渣餘孽。

辨析

● 簡轉繁時，常見的錯誤主要是該寫 "余" 的地方誤寫為 "餘"，如把 "余生也晚" 誤寫為 "餘生也晚"，把 "姓余" 誤寫為 "姓餘"。

附註

● 《簡化字總表》在簡化字 "余" 之下加了一條註釋："在余和餘意義可能混淆時，仍用餘。如文言句 '餘年無多'。"

簡體字

繁體字

易錯指數：●●●●○

- -

谷　〔普〕gǔ　〔粵〕guk1〔菊〕

❶ 兩山之間的低埑：山谷、虛懷若谷、空谷足音。

❷ 比喻困境：進退維谷。

❸ 姓氏（Gǔ）。

谷　〔普〕yù　〔粵〕juk6〔玉〕

用於專名：吐谷渾（古時民族，曾建立政權）。

穀　〔普〕gǔ　〔粵〕guk1〔菊〕

穀子：五穀、穀物。

附註

- "穀"在以下情況不簡化：

  ❶ 善，好：穀旦（吉日良辰）。

  ❷ 俸祿。

  ❸ 姓氏（Gǔ）：穀梁。

- "穀"和"榖"（gǔ，指"構樹"）形近音同，須留意區別。

七畫

簡體字

繁體字

易錯指數：●●●●●

七畫

系 （普 xì 粵 hai6〔係〕）

❶ 系統：系列、派系、太陽系、直系親屬。
❷ 科系：中文系、哲學系。

係 （普 xì 粵 hai6〔系〕）

❶ 是：確係如此。
❷ 牽涉、關連：干係、關係。
❸ 其他組詞：係數（數學術語）。

繫 （普 xì 粵 hai6〔系〕）

❶ 聯綴：聯繫、維繫、名譽所繫、成敗繫於此舉。
❷ 綁束，拴住：繫縛、繫馬、繫舟、解鈴繫鈴。
❸ 拘囚：繫獄、囚繫、繫風捕影。
❹ 掛念：繫念、繫戀。

繫 （普 jì 粵 hai6〔系〕）

綁紮：繫領帶、繫鞋帶。

辨析

- "系、係、繫" 是三個極易混淆的字。簡轉繁時，常見的錯
  誤是：
  ❶ 把 "關係" 和 "聯繫" 兩個詞中的 "係、繫" 弄亂。
  ❷ 把該寫 "繫" 的地方誤寫為 "系"，如把 "繫念" 誤寫
     為 "系念"，把 "繫鞋帶" 誤寫為 "系鞋帶"。
  ❸ 易經中 "繫辭" 一般寫作 "繫"。

七畫

簡體字

繁體字

易錯指數：●●●●○

泛 （普 fàn （粵 faan3〔販〕

❶ 漂浮：泛舟北海。

❷ 浮現，冒出：臉上泛紅、燉肉泛出香味兒。

❸ 膚淺，不切實際：空泛、泛泛之交。

❹ 普通，一般：泛指、泛稱、泛讀、泛神論。

汎 （普 Fàn （粵 faan3〔販〕

姓氏。

氾 （普 Fán （粵 faan4〔凡〕

姓氏。

氾 （普 fàn （粵 faan3〔販〕

氾濫：黃氾區（黃河水氾濫過的地區）。

辨析

- 表示"氾濫"意義時,要寫作"氾"。
- 表示"浮現、冒出"和"膚淺、不切實際"意義時,不寫作"汎""氾"。
- 由於"汎""氾"均可作姓氏人名,讀音不同,要嚴格區分,以防轉錯。

附註

- 《第一批異體字整理表》中,"汎"為"泛"的異體字,今"汎"字可用於姓氏人名。

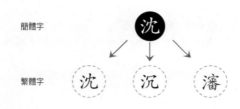

簡體字 沈

繁體字 沈　沉　瀋

易錯指數：●●●●○

沈 〔普 Shěn 〕〔粵 sam2〔審〕〕

姓氏。

沉 （亦可寫為 "沈"） 〔普 chén 〕〔粵 cam4〔尋〕〕

❶ 與 "浮" 相對：沉沒、沉淪、石沉大海、沉魚落雁。

❷ 日月星辰降落隱沒：星沉月落、紅日西沉。

❸ 向下陷落：地基下沉。

❹ 精神專注：沉得住氣、沉下心來。

❺ 比喻作色：沉下臉來。

❻ 重、久、深：沉沉、沉重、沉痼、沉疴、沉冤、沉痛、沉思、沉睡、沉迷、沉溺、沉醉。

❼ 情緒低落：沉悶、沉鬱、低沉、消沉。

❽ 其他組詞：沉靜、沉默、沉寂、沉淪。

七畫

瀋 曾 Shěn 粵 sam2〔審〕

瀋陽（遼寧省省會）及其簡稱：遼瀋戰役。

辨析

● 簡轉繁時，作為姓氏的"沈"，常被誤認為是簡體字，而把
"沈小姐"誤轉為"瀋小姐"。

附註

● "墨瀋未乾"的"瀋"（shěn）簡寫為"渖"（"汁"的意思）
而不簡寫為"沈"。

七畫

簡體字

繁體字

易錯指數：●●●●○

. . . .

表 （普 biǎo 粵 biu2〔裱〕）

❶ 外表：表面、表皮、表裏不一、虛有其表。

❷ 發表：表白、表示、表明。

❸ 表彰：表功、表揚。

❹ 表格：課表、年表、調查表、一覽表。

❺ 測量器具：水表、電表。

錶 （普 biǎo 粵 biu1〔標〕）

計時器具：鐘錶、手錶、電子錶。

辨析

● 除了計時器具之外，其他情況都轉換為 "表"。

● 常見的錯誤是把 "電表、水表" 中的 "表" 誤寫為 "錶"。

簡體字

繁體字

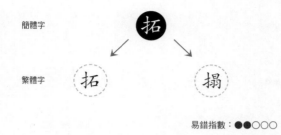

易錯指數：●●○○○

八畫

拓 　〔普〕tuò　〔粵〕tok3〔托〕

❶ 開闢：開拓、拓荒。

❷ 其他組詞：拓跋（複姓）、落拓（形容潦倒失意的樣子）。

搨 （亦可寫為"拓"）　〔普〕tà　〔粵〕taap3〔榻〕

把碑刻、器物上的文字或圖畫印在紙上：搨印、搨本。

簡體字

拐

繁體字

拐　　　　枴

易錯指數：●○○○○

拐　〔普 guǎi 粵 gwai2〔鬼〕〕

❶ 轉變方向：拐彎、他拐進胡同裏去了。

❷ 瘸腿：拐子（瘸腿的人）、走起路來一拐一拐的。

❸ 詐騙：拐帶、拐騙、誘拐。

❹ 其他組詞：拐子馬。

枴　（亦可寫為"拐"）　〔普 guǎi 粵 gwai2〔鬼〕〕

扶杖：木枴、枴杖。

辨析

● 民間傳說中八仙之一的鐵拐李，習慣上寫為"拐"而少寫"枴"。

簡體字

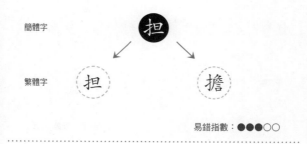

繁體字

担　　　　擔

易錯指數：●●●○○

担　（普 dǎn　粵 daan6〔但〕）

義同"撣"：担去衣服上的雪。

擔　（普 dān　粵 daam1〔耽〕）

❶ 用肩膀挑：擔水、擔柴、擔兩筐雞蛋。

❷ 擔負、承當：承擔、擔保、擔責、擔待、擔當、擔負、擔綱、擔任、擔心、擔憂、擔風險、把任務擔起來。

擔　（普 dàn　粵 daam3〔對鑒切〕）

❶ 擔子：荷擔、重擔、貨郎擔、每人挑一擔。

❷ 量詞：一擔水、兩擔柴。

附註

● 擔擔麵：中國西南地區的一種麵條，煮熟後加蔥、薑、榨菜、麻醬和辣椒油等多種調料。

八畫

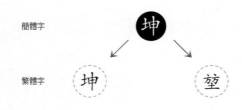

簡體字 坤

繁體字 坤　堃

易錯指數：●●○○○

坤 （普 kūn 粵 kuan1〔昆〕）

❶ 八卦之一，代表地：乾坤、旋乾轉坤、坤輿（大地）。

❷ 女，女式：坤式、坤錶、坤包、坤車、坤宅（男家則稱作"乾宅"）。

❸ 姓氏（Kūn）。

堃 （普 kūn 粵 kuan1〔昆〕）

用於人名。

附註

● 《第一批異體字整理表》中，"堃"為"坤"的異體字，今"堃"可作人名用字。

簡體字

繁體字

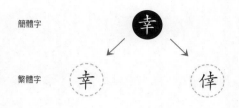

易錯指數：●●○○○

. . . .

幸　普 xìng　粵 hang6〔杏〕

❶ 幸運：幸福、不幸、榮幸、萬幸。
❷ 慶幸：欣幸、幸災樂禍。
❸ 帝王駕臨：臨幸、巡幸。
❹ 期望：幸勿推辭。
❺ 姓氏（Xìng）。

倖（亦可寫為"幸"）　普 xìng　粵 hang6〔杏〕

❶ 寵愛：寵倖、薄倖、佞倖。
❷ 非分或意外所得：倖免、僥倖。

簡體字

范

繁體字

范   範

易錯指數：●●●○○

范 〔普 Fàn 粵 faan6〔飯〕〕

姓氏。

範 〔普 fàn 粵 faan6〔飯〕〕

❶ 模範：典範、示範、規範。
❷ 其他組詞：防範、就範。

辨析

- 簡轉繁時常見把作為姓氏的 "范" 誤轉為 "範"，如把春秋
  時代的越國大夫范蠡誤轉為 "範蠡"。

八畫

簡體字　板

繁體字　板　　闆

易錯指數：●●○○○

板 （普 bǎn　粤 baan2〔版〕）

❶ 板狀物品：砧板、木板、黑板、地板、天花板、玻璃板。
❷ 不活潑：古板、呆板。
❸ 表現出嚴肅或不高興的樣子：板着臉、板起面孔。
❹ 其他組詞：板盪（政局混亂，社會動盪不寧：板盪出忠臣）。

闆 （普 bǎn　粤 baan2〔版〕）

老闆。

辨析

- 雖然不少人把"老闆"寫為"老板"，但是還是應以"老闆"為正寫。
- 只有"老闆"用"闆"，其他情況下都用"板"。

八畫

簡體字　　　　　　　　松

繁體字　　　　松　　　　　　　　鬆

易錯指數：●●○○○

松 （普 sōng 粵 sung1〔嵩〕）

❶ 松樹：松針、松濤、松香、松仁、松節油。

❷ 其他組詞：松鼠、松雞、松花蛋。

鬆 （普 sōng 粵 sung1〔嵩〕）

❶ 放鬆，與 "緊" 相對：鬆弛、鬆懈、鬆動、鬆散、鬆勁、鬆緊帶、鬆了一口氣。

❷ 放：鬆綁、一鬆手。

❸ 末狀的食品：魚鬆、肉鬆。

辨析

● 有一種民間點心叫 "鬆皮餅"，對應簡化字寫為 "松皮饼"，轉繁時須留意把 "松" 寫為 "鬆"。

簡體字

郁

繁體字　　　郁　　　　　　　鬱

易錯指數：●●●●●

・・・

郁　〔普 yù 〕〔粵 juk1〔沃〕〕

❶ 香氣濃厚：馥郁、濃郁、郁烈。

❷ 文采很盛的樣子：文采郁郁、郁郁乎文哉。

❸ 姓氏（Yù）。

鬱　〔普 yù 〕〔粵 wat1〔鷸【陰入】〕〕

❶ 草木茂盛：蒼鬱、鬱鬱蒼蒼。

❷ 憂愁：憂鬱、抑鬱、鬱鬱不樂。

❸ 其他組詞：鬱金香。

八畫

辨析

- 這兩個字極易混淆，常見的錯誤出現在該寫 "鬱" 的地方
  誤寫為 "郁"，如把 "憂鬱" 誤寫為 "憂郁"，把 "鬱金香"
  誤寫為 "郁金香"。

簡體字　奔

繁體字　奔　　犇

易錯指數：●●○○○

奔　(普 bēn　粵 ban1〔賓〕)

❶ 急走，快跑：飛奔、狂奔、奔襲。
❷ 急忙趕去：奔赴、奔喪、奔命。
❸ 逃走，逃跑：私奔、奔逃、東奔西竄。

奔　(普 bèn　粵 ban1〔賓〕)

❶ 一直向目的地走去，向預定目標前進：奔小康、直奔車站。
❷ 年齡接近：父親已經是奔七十的人了。
❸ 為某事奔走：奔命；還差多少錢，我去奔。
❹ 朝，向：他們開車奔天津方向去了。

犇　(普 bēn　粵 ban1〔賓〕)

用於人名。

辨析

- "奔（bēn）命"指奉命奔走；"奔（bèn）命"指拚命地趕路或工作。

附註

- 《第一批異體字整理表》中，"犇"為"奔"的異體字，今"犇"可作人名用字。

簡體字

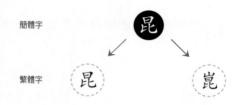

繁體字　昆　　　　崑

易錯指數：●○○○○

．．

昆　（普 kūn　粵 kwan1〔琨〕）

❶ 兄：諸昆、昆弟、昆仲。
❷ 後裔，子孫：垂裕後昆。
❸ 姓氏（Kūn）。

崑　（普 kūn　粵 kwan1〔琨〕）

用於"崑崙""崑劇""崑曲"。也寫作"崐"。

辨析

● "崑劇、崑曲"，亦可寫作"昆"。

八畫

簡體字

繁體字

易錯指數：●●●●●

. . . .

制　（普 zhì　粵 zai3〔際〕）

❶ 擬訂：制定、制訂、因地制宜。

❷ 控制：制裁、制伏、制止、克制、壓制、限制、受制於人。

❸ 規約，程式：制服、制度、法制、公制、學制、十進制、一國兩制。

製　（普 zhì　粵 zai3〔際〕）

❶ 製造：製衣、製藥、製革、仿製、複製、如法炮製。

❷ 著作：佳製巨著。

辨析

- 常見的錯誤出現在該用 "制" 的地方誤寫為 "製"，如把 "制訂" 誤寫為 "製訂"，把 "因地制宜" 誤寫為 "因地製宜"。

- "編制" 表編造、制訂計劃、方案及預算，也指單位或機構的人員定額和設置；"編製" 表編造、製作代碼或長條藤器物品。

八畫

簡體字

繁體字

易錯指數：●○○○○

刮 （普 guā 粵 gwat3〔颳〕）

❶ 用刀刮削：刮臉、刮鬍子。

❷ 其他組詞：搜刮、刮地皮、刮目相看。

颳 （亦可寫為 "刮"）（普 guā 粵 gwat3〔刮〕）

颳風。

簡體字

繁體字

易錯指數：●●○○○

和　〔普〕hé　〔粵〕wo4〔禾〕

❶ 和順，溫和：和藹可親、心平氣和。

❷（氣候）暖和：和風細雨、風和日麗。

❸ 和諧，和睦：天時地利人和、兄弟失和。

❹ 結束戰爭或平息爭端：將相和、講和、和解。

❺（下棋或賽球）不分勝負：和棋、這一局他們和了。

❻ 和平：維和部隊、締結和約。

❼ 連帶，連同：和盤托出、和衣而臥。

❽ 表示引進相關的人和事或比較的對象：有事多和上級商量、他的手藝和師傅還差得遠。

❾ 表示聯合：老師和學生、物理和化學。

❿ 兩個以上的數加起來的和數：18 加 12 的和是 30。

⓫（Hé）指日本：和服。

和　〔普〕hè　〔粵〕wo6〔禍〕

❶ 依樣跟着唱或跟着說：曲高和寡、隨聲附和。

❷ 依照別人詩詞的內容或格律來寫作詩詞：和詩、

唱和、和韻（依照所和詩歌中的原韻來作詩）。

和 〔普 hú 粵 wu4〔狐〕〕

打麻將或鬥紙牌時，某一家的牌滿足了取勝條件，就稱
"和"了：他連和三把。

和 〔普 huó 粵 wo4〔禾〕〕

在粉狀物中加入液體攪拌或揉弄使團在一起：和麵。

和 〔普 huò 粵 wo6〔禍〕〕

❶ 把粉狀物或粒狀物摻和在一起：豆沙裏和點兒
糖、水泥和（hé）沙子和（huò）起來用。

❷ 加水攪拌：和稀泥、和點麻醬。

❸ 量詞：二和藥、衣服洗了三和。

龢 〔普 hé 粵 wo4〔禾〕〕

人名用字：翁同龢。

八畫

附註

● 《第一批異體字整理表》中"和"有異體字"龢"。《通用規
範漢字表》確認"龢"為規範字，可用於人名，如"翁同
龢、羅旭龢"。

簡體字

繁體字

易錯指數：●●●○○

岳　〔普〕yuè　〔粵〕ngok6〔鄂〕

❶ 妻子的父母：岳父、岳母。

❷ 姓氏（Yuè）。

嶽　（亦可寫為"岳"）　〔普〕yuè　〔粵〕ngok6〔鄂〕

高大的山：山嶽、三山五嶽、西嶽華山。

八畫

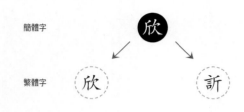

簡體字

繁體字

易錯指數：●●○○○

. . . .

欣 （普 xīn 粵 jan1〔因〕）

❶ 喜悅：欣然、欣喜、欣慰。

❷ 姓氏（Xīn）。

訢 （普 Xīn 粵 jan1〔因〕）

姓氏。

附註

● 《第一批異體字整理表》中"訢"為"欣"除姓氏意義以外
用法的異體字，今"訢"字可用於姓氏人名，與"欣"不
同，簡化時為"䜣"。

簡體字

繁體字

易錯指數：●●●●●

征　🔊 zhēng　🔊 zing1〔蒸〕

❶ 討伐：征討、征服、征戰、東征西討、御駕親征。

❷ 軍隊遠行：遠征、征途、萬里長征。

徵　🔊 zhēng　🔊 zing1〔蒸〕

❶ 由國家徵集、收取：徵兵、徵稅。

❷ 招求：徵求、徵聘、徵文、徵答、徵婚。

❸ 證明：文獻足徵、信而有徵。

❹ 預兆：徵兆、凶徵。

❺ 表象：徵候、象徵、特徵、綜合徵。

辨析

● 常見的錯誤出現在該寫 "徵" 的地方誤寫為 "征"，如把 "徵求" 誤寫為 "征求"，把 "特徵" 誤寫為 "特征"。

附註

● 古代五音（宮、商、角、徵、羽）之一的 "徵"（zhǐ）不簡化。

八畫

簡體字

繁體字

易錯指數：●●●○○

径 〔曾 jìng 粵 ging3〔敬〕〕

❶ 小路（古籍中亦寫為"逕"）：斜徑、花徑、羊腸小徑、行不由徑。

❷ 比喻方法：捷徑、門徑。

❸ 其他組詞：半徑、直徑、口徑、田徑比賽。

逕 〔曾 jìng 粵 ging3〔敬〕〕

❶ 直接：逕自、逕直、逕啟者。

❷ 用於姓氏人名、地名。

辨析

● "逕""徑"常通用，但是"逕啟者"不可寫為"徑啟者"。

附註

● 《第一批異體字整理表》中"逕"為"徑"的異體字，今"逕"字可用於姓氏人名、地名。

簡體字

繁體字

易錯指數：●●●●○

舍　（曾 shè　粵 se3〔寫〕）

❶ 房屋：房舍、旅舍、寒舍、左鄰右舍、打家劫舍。

❷ 謙稱比自己輩分低的親屬：舍弟、舍侄、舍親。

❸ 古代三十里為一舍：退避三舍。

捨　（古籍中亦寫為 "舍"）　（曾 shě　粵 se2〔寫〕）

❶ 放棄：捨棄、捨命、捨己為人、捨生取義、捨我其誰、捨近圖遠、四捨五入、依依不捨。

❷ 佈施：施捨、捨身飼虎。

附註

- 中國現代著名作家老舍用 "舍"，讀 shě。

八畫

易錯指數：●●●●○

采 （普 cǎi 粵 coi2〔彩〕）

精神，神色：神采、沒精打采、興高采烈。

采 （普 cài 粵 coi3〔菜〕）

采邑（采地）：古代諸侯分封給卿大夫的田地。

採 （古籍中亦寫為 "采"） （普 cǎi 粵 coi2〔彩〕）

❶ 摘取：採摘、採花。
❷ 開掘：採礦、採煤。
❸ 選取：採取、採用、採辦、採購、採錄。
❹ 搜集：採集。

附註

● "采" 與 "採" 是正體與異體的關係，一般人把它們也視為
  簡體與繁體的關係。
● "采" 與 "釆"（音 biàn）形似，須留意區別。

簡體字

繁體字

易錯指數：●●●○○

. . . .

念　（普 niàn　粵 nim6〔唸〕）

❶ 惦念，想念：悼念、感念、留念、紀念、顧念、掛念、妄念、心裏念着你。

❷ 想法，念頭：觀念、閃念、私念、邪念、意念、懸念、一念之差、私心雜念。

❸ "廿" 的另一種寫法，用於計數：二月念五日（二月二十五日）。

❹ 姓氏（Niàn）。

八畫

唸　（普 niàn　粵 nim6〔念〕）

❶ 誦讀：唸白、唸經、唸口訣、唸唸有詞。

❷ 指上學：唸書。

辨析

● 表示 "誦讀、上學" 意義的，要轉為從 "口" 的 "唸"。

● 表示 "想法、惦念" 意義的，則用從 "心" 的 "念"。

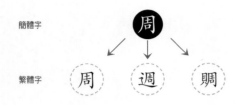

簡體字

繁體字

周　週　賙

易錯指數：●●●●●

周 （普 zhōu 粵 zau1〔州〕）

❶ 姓氏（Zhōu）。

❷ 朝代名（Zhōu）。

❸ 用於地名：周口市（在河南省）。

❹ 圓周或四周：周圍、周遭、周匝。

❺ 普遍：周身、周遊列國、眾所周知。

❻ 完備：周全、周到、周詳、周至。

❼ 曲折：周折、大費周章。

❽ 其他組詞：周旋（交際應酬）、周正（端正）。

週 （亦可寫為 "周"） （普 zhōu 粵 zau1〔州〕）

❶ 循環，週期：週年、週而復始。

❷ 星期：週末、週刊。

賙 （亦可寫為 "周"） （普 zhōu 粵 zau1〔州〕）

救濟，幫助：賙濟。

辨析

- "周"字所列用法及組詞，不可以用"週"字代替。
- "週"字的各種用法及組詞（最突出的是"週刊"），如今一般人都習慣寫為"周"字。
- "賙濟"可以寫為"周濟"，不可以寫為"週濟"。

簡體字

繁體字

易錯指數：●●●●○

卷 〔普 juàn〕 〔粵 gyun2〔捲〕〕

❶ 書本：手不釋卷、卷帙浩繁。

❷ 全書的一部分：上卷、第一卷、讀書破萬卷。

❸ 卷子：考卷、問卷、交卷、改卷。

❹ 保存備查的文件：案卷、卷宗。

卷（亦可寫為"捲"）〔普 juǎn〕 〔粵 gyun2〔捲〕〕

用於一些專門的術語中：卷葉蛾、卷尾猴、卷積雲、卷鬚植物。

卷（亦可寫為"鬈"）〔普 quán〕 〔粵 kyun4〔拳〕〕

彎曲：卷曲、卷髮。

捲（古籍中亦寫為"卷"）〔普 juǎn〕 〔粵 gyun2〔捐【陰上】〕〕

❶ 捲起：捲簾、捲袖子、捲鋪蓋、席捲、龍捲風、風捲落葉、捲土重來。

❷ 聚斂：捲款潛逃。

❸ 量詞：一捲紙、一捲鋪蓋。

❹ 圓筒形的東西：煙捲、鋪蓋捲、把書裹成一個捲兒寄出去。

❺ 牽涉：捲入。

餜（亦可寫為 "捲"）　🔊 juǎn　🔊 gyun2〔捲〕

捲成圓筒形的食物：蛋餜。

辨析

● 讀為 juǎn 的 "卷"，都可以用 "捲" 代替。但 "春卷" 的 "卷" 習慣寫作 "卷"。

● 作為量詞的 "捲" 常被誤寫為 "卷"，如把 "一捲紙" 誤寫為 "一卷紙"；"煙捲" 也常被誤寫為 "煙卷"。

八畫

簡體字　　　　　　　　　炉

繁體字　　　　爐　　　　　　　鑪

易錯指數：●●○○○

爐 （普 lú 粤 lou4〔盧〕）

❶ 爐子：壁爐、火爐、電爐、香爐、圍爐夜話。

❷ 姓氏（Lú）。

鑪 （普 lú 粤 lou4〔盧〕）

一種放射性元素。

附註

● 《第一批異體字整理表》中，"鑪"為"爐"的異體字，今 "鑪"的對應簡體字"鈩"，作為科學技術術語，指一種人 造的放射性元素。

八畫

簡體字

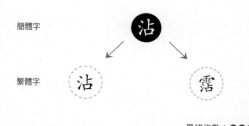

繁體字

沾　霑

易錯指數：●●○○○

. . . .

沾　(普 zhān　粵 zim1〔尖〕)

❶ 浸濕：沾濕、沾襟。

❷ 接觸，拉上關係：沾邊兒、沾染、沾唇、腳不沾
地、沾親帶故。

❸ 蒙受：沾光、沾辱、利益均沾。

❹ 其他組詞：沾沾自喜（形容自以為很好而得意的
樣子）。

霑　(亦可寫為"沾")　(普 zhān　粵 zim1〔尖〕)

❶ 浸濕：淚下霑衣。

❷ 因為接觸而被東西附着上：霑水。

❸ 其他組詞：黃霑（人名）。

辨析

● 除了人名，通用"沾"即可。轉繁時，"沾衣、沾水"等詞
可用"霑"，"沾光、利益均沾、沾染、沾沾自喜"等詞不
可用"霑"。

八
畫

簡體字

繁體字

注   註

易錯指數：●●●●○

注 （普 zhù 粵 zyu3〔駐〕）

❶ 灌入：注射、注塑、灌注、大雨如注、一瀉如注。

八畫

❷ 集中：注視、注意、引人注目、全神貫注。

❸ 賭注：下注、孤注一擲。

❹ 必然：注定。

❺ 記錄性文字：起居注。

❻ 其他組詞：注音、標注。

註 （普 zhù 粵 zyu3〔駐〕）

❶ 用文字解釋（亦可寫為"注"）：註解、註疏、註腳、批註、夾註、附註、箋註。

❷ 記載：註冊、註銷。

辨析

- 常見把"注定"誤寫為"註定"，把"注音"誤寫為"註音"，把記載帝王日常言行的"起居注"誤寫為"起居註"。

- 一般來說，凡是用"註"的地方都可以用"注"代替，但是"註冊、註銷"這兩個詞習慣上用"註"而不用"注"。

簡體字

繁體字

易錯指數：●●●○○

帘　(普 lián　粤 lim4〔廉〕)
舊時在酒店門外懸掛當作店招的旗幟：酒帘。

簾　(亦可寫為 "帘")　(普 lián　粤 lim4〔廉〕)
用布、竹等做成的遮蔽門窗的用具：門簾、窗簾、竹簾、垂簾聽政。

辨析

- 由於 "帘" 字從巾，"簾" 字從竹，暗示帘用布做，簾用竹做，所以 "酒帘" 只可以寫為 "酒帘"，"竹簾" 習慣上不寫為 "竹帘"。如果沒有特別強調所用材料，則 "帘、簾" 兩字可以通用。

八畫

簡體字 弥

繁體字 彌 瀰

易錯指數：●●●●○

彌 〔普 mí〕〔粵 nei4〔尼〕/mei4〔眉〕〕

❶ 滿：彌月之喜、彌天大謊、彌天大罪。

❷ 更加：欲蓋彌彰、仰之彌高。

❸ 其他組詞：彌留、阿彌陀佛。

瀰 〔普 mí（舊讀 mǐ）〕〔粵 nei4〔尼〕/mei4〔眉〕〕

形容水滿的樣子：瀰瀰、瀰漫。

辨析

● 有的辭典還說：只有在形容水滿的樣子時才用 "瀰漫"，如果煙塵、霧氣、風沙則用 "彌漫" 云云。但是，在實際的應用中一般都寫 "瀰漫" 而少寫 "彌漫"。

八畫

簡體字

繁體字

弦　　　　　　　　　　　　絃

易錯指數：●●●○○

弦　〔普〕xián　〔粵〕jin4〔賢〕

❶ 弓弦：如箭在弦、應弦而倒、弓如霹靂弦驚（辛棄疾詞）。

❷ 弓弦形的：上弦月、下弦月。

❸ 幾何學術語：勾股弦、弦切角。

❹ 姓氏（Xián）：弦高（春秋時鄭國商人）。

絃　(亦可寫為"弦")　〔普〕xián　〔粵〕jin4〔賢〕

❶ 琴瑟等樂器上發聲的綫：調絃、撫絃、三絃、五十絃、絃樂器、管絃樂、絃外之音、絃歌不輟（比喻勤於學業，修習不斷）、扣人心絃。

❷ 其他組詞：斷絃（比喻喪妻）、續絃（比喻再娶）。

辨析

- "弦"字 ❶ 至 ❹ 的義項，不可以"絃"代替。
- "斷絃、續絃"習慣上寫"絃"而少用"弦"。

簡體字　线

繁體字　綫　線

易錯指數：●○○○○

八畫

綫 〔普 xiàn 粵 sin3〔扇〕〕

❶ 用棉、絲、麻、金屬等製成的細長的可以隨意纏繞的東西：棉綫、絲綫、毛綫、電綫、綫圈。

❷ 幾何學名詞，指一個點任意移動所形成的圖形：直綫、曲綫、綫段、拋物綫。

❸ 細長像綫的東西：綫香、光綫、一綫天。

❹ 交通路綫：航綫、沿綫、綫路、運輸綫。

❺ 邊緣交界處：警戒綫、海岸綫、國界綫。

❻ 指思想政治上的路綫：上綱上綫。

❼ 比喻所接近的邊際：分數綫、貧困綫、生命綫。

❽ 尋求秘密的綫索：眼綫、內綫、綫人。

❾ 量詞：一綫生機、一綫光明。

❿ 姓氏（Xiàn）。

線 〔普 Xiàn 粵 sin3〔扇〕〕

姓氏。

附註

- 《第一批異體字整理表》中,"線"為"綫"的異體字,今"線"字可用於姓氏人名。
- 簡轉繁時,除姓氏"綫""線"區分外,其他義項"線"與"綫"通用。

八畫

簡體字

拼

繁體字

拼　　　　拚

易錯指數：●●●○○

拼 〔普 pīn〕〔粵 ping1〔乒〕/ping3〔聘〕〕

❶ 合在一起，連接：拼讀、拼圖、拼音、東拼西湊。

❷ 幾個人拼合起來做某事：拼團、拼車、拼飯、拼購。

拚 〔普 pīn〕〔粵 ping1〔乒〕/ping3〔聘〕〕

豁出去，不顧一切地幹：拚命、拚搏、敢打敢拚、拚死拚活、拚老本兒。

拚 〔普 pàn〕〔粵 pun3〔判〕〕

捨弃，不顧惜：拚死、拚命（義同"拚〔pīn〕命"）。

辨析

● 表達"捨，不顧惜"義，簡轉繁時作"拚"。

簡體字

繁體字

　　易錯指數：●●●○○

蕩　曾 dàng　粵 dong6〔獨旺切〕

❶ 放浪：放蕩、浪蕩、淫蕩、蕩婦。

❷ 走來走去：逛蕩、遊蕩、闖蕩。

❸ 平坦，寬廣：坦蕩。

❹ 積水長草的窪地：蘆花蕩。

❺ 清除，全部搞光：掃蕩、蕩平、《蕩寇志》、空蕩蕩、蕩然無存、傾家蕩產。

盪　(亦可寫為"蕩")　曾 dàng　粵 dong6〔獨旺切〕

❶ 搖動，起伏不定：盪漾、盪舟、搖盪、動盪、浩盪、回盪、激盪、盪鞦韆。

❷ 洗滌：盪滌、迴腸盪氣。

辨析

● "清除"意義的"蕩"，也有辭典說可以寫為"盪"字，但是在這個意義上習慣寫為"蕩"。

九畫

簡體字　胡

繁體字　胡　　鬍

易錯指數：●○○○○

. . . .

胡　（普 hú　粵 wu4〔狐〕）

❶ 通稱外族。

❷ 通稱外族的、產自外地的：胡人、胡虜、胡服、胡琴、胡笳、胡蘿蔔。

❸ 隨便：胡扯、胡說、胡思亂想、胡作非為。

❹ 何故：胡不歸。

❺ 姓氏（Hú）。

鬍　（普 hú　粵 wu4〔狐〕）

鬍子：鬍鬚。

辨析

● "髟"，與鬚髮有關，故只有表示 "鬍鬚" 之義時，作 "鬍"。

九畫

簡體字　　　　　　　　　药

繁體字　　　　葯　　　　　　　　藥

易錯指數：●●●○○

葯　🔊 yuè　🔊 joek6〔若〕

❶ 白芷。
❷ 植物雄蕊產生的花粉：花葯。

藥　🔊 yào　🔊 joek6〔若〕

❶ 醫藥：藥物、藥材、中藥、西藥、特效藥、良藥苦口。
❷ 醫治：不可救藥。
❸ 植物名、花名：芍藥。
❹ 化學物質：火藥、彈藥、炸藥。

辨析

- 常見的錯誤出現在該用"葯"的地方誤轉為"藥"，如把"花葯"誤轉為"花藥"。

九畫

簡體字

繁體字

易錯指數：●●●○○

咸 〔普 xián〕〔粵 haam4〔函〕〕

❶ 全，都：咸受其益、老少咸宜。

❷ 姓氏（Xián）。

❸ 其他組詞：咸豐（清文宗的年號）。

鹹 〔普 xián〕〔粵 haam4〔函〕〕

鹽的味道：鹹味、鹹菜、鹹魚、鹹水湖。

辨析

● 常見錯誤出現在該用"鹹"的地方誤寫為"咸"，如把"鹹魚"誤寫為"咸魚"，把"鹹水湖"誤寫為"咸水湖"。"鹹"，從鹵，與鹽有關，故"鹹菜、鹹魚"類用"鹹"。

九畫

簡體字

繁體字　　厘　　　　　　釐

易錯指數：●●●●○

厘（亦可寫為"釐"）　普 lí　粵 lei4〔離〕

❶ 計量單位（長度、重量、地積、利率）：十毫等於一厘、銀行存款年息四厘半。

❷ 某些計量單位的百分之一：厘米、厘升。

❸ 其他組詞：無厘頭（粵語方言詞）。

釐　普 lí　粵 lei4〔離〕

整理：釐定、釐正。

辨析

● 簡轉繁時，不必每逢"厘"便轉換為"釐"。作為計量單位時，在香港習慣都寫為"厘"。

附註

● "釐"在以下情況不簡化：

（一）釐 xī

❶ 同"僖"：周朝周釐王的諡號。

❷ 姓氏（Xī）。

（二）釐 xǐ

同"禧"：恭賀新釐。

簡體字

繁體字

易錯指數：●●●○○

面　普 miàn　粵 min6〔麵〕

❶臉：面孔、面貌、面具、顏面、面目可憎、面面相覷、面紅耳赤、面無人色、笑容滿面。

❷向：背山面水。

❸表面：地面、路面、桌面。

❹方面：正面、反面、片面、東面、面面俱到。

❺當面：面談、面商、面洽、面交。

❻量詞：一面鏡子、見過一面。

麵（麫）　普 miàn　粵 min6〔面〕

❶小麥以及其他糧食磨粉及其製成品：麵粉、玉米麵、高粱麵、麵包、麵條。

❷特指麵條：湯麵、切麵、炒麵、牛肉麵、一碗麵、粥麵店、清湯掛麵。

❸粉末：藥麵、胡椒麵、白麵兒（毒品）。

辨析

● 麵，從麥，表示"麥"。表示麵食、粉末類用"麵"。

九畫

簡體字

繁體字

易錯指數：●○○○○

背 普 bèi 粵 bui3〔貝〕

❶ 背部，軀幹後面跟胸腹相對的部位：前胸後背、腹背受敵。

❷ 某些物體的反面或後部：手背、刀背、力透紙背。

❸ 背部對着（跟"向"相對）：背水一戰、背山面海、背着太陽站在那裏。

❹ 反對：人心向背。

❺ 離開：背井離鄉。

❻ 躲避，瞞：他背着大夥兒，不知道幹些什麼；好話不背人，背人沒好話。

❼ 背誦：台詞都背熟了。

❽ 違反：背信棄義、棄理背義。

❾ 偏僻：她住的地方比較背，不容易找到。

❿ 不順利，運氣不好：走背運、手氣真背。

⓫ 聽覺不靈：耳朵有點兒背。

九畫

揹（亦可寫為“背”）　普 bēi　粵 bui3〔貝〕

❶ 人用背駄東西：揹孩子、揹行李、揹不動、豬八
戒揹媳婦。

❷ 負擔：揹了一身債、這麼重大的責任我可揹不起。

辨析

● “揹”是“背 bēi”的異體字，其他情況均用“背”。

簡體字　尝

繁體字　嘗　　　嚐

易錯指數：●●●○○

嘗 （普 cháng 粵 soeng4〔常〕）

❶ 試探，試驗：嘗試。
❷ 曾經：未嘗、何嘗。
❸ 姓氏（Cháng）。

嚐 （普 cháng 粵 soeng4〔常〕）

❶ 辨別滋味：品嚐、嚐嚐鹹淡。
❷ 比喻經歷、體驗：備嚐艱苦、飽嚐戰禍。

辨析

- "嚐"亦可寫作"嘗"，如：備嘗艱苦、嘗到甜頭。
- 若表示"曾經"或姓氏時，一定用"嘗"。
- 成語"臥薪嘗膽"習慣上用"嘗"。

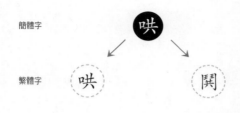

簡體字

繁體字

易錯指數：●●●○○

哄 （普 hōng ⑨ hong6〔候弄切〕）

❶ 象聲詞，形容眾人笑聲和喧嘩聲：亂哄哄、哄然大笑。

❷ 眾人同時發出聲音：哄動（亦可寫為"轟動"）、哄傳、哄堂大笑。

❸ 其他組詞：哄抬物價（投機商人紛紛抬高物價）。

九畫

哄 （普 hǒng ⑨ hong6〔候弄切〕）

騙：哄騙、哄小孩。

鬨 （普 hòng ⑨ hong6〔候弄切〕）

吵鬧，開玩笑：起鬨、一鬨而散。

辨析

● 常見的錯誤出現在該寫"鬨"的地方誤寫為"哄"，如把"起鬨"誤寫為"起哄"，把"一鬨而散"誤寫為"一哄而散"。

簡體字　咽

繁體字　咽　　　　嚥

易錯指數：●●●●○

. . . .

咽 〔普 yè 粵 jit3〔噎〕〕

聲音因受阻而沉滯：哀咽、悲咽、感咽、哽咽、嗚咽、
幽咽。

咽 〔普 yān 粵 jin1〔煙〕〕

咽頭，在鼻腔和口腔的後方，是呼吸和消化的共同通
道：咽喉、咽炎。

嚥 〔普 yàn 粵 jin3〔燕〕〕

❶ 使（食物等）通過咽頭到食道裏去：吞嚥，嚥唾
沫、細嚼慢嚥、狼吞虎嚥。
❷ 憋住（話），忍住（氣）：嚥氣、話到嘴邊又嚥回
去了。

辨析

● 讀 yàn 的時候轉為 "嚥"，其他情況均使用 "咽"。

簡體字

繁體字

易錯指數：●●●●○

鍾 〔普 zhōng 〔粵 zung1〔終〕

① 集中：鍾意、鍾情、鍾愛、鍾靈毓秀。

② 姓氏（Zhōng）：鍾馗（傳說中的鬼王）、鍾離（複姓）。

鐘 〔普 zhōng 〔粵 zung1〔終〕

① 古代樂器：鐘鼓雷鳴、鐘鳴鼎食、鐘鼎文、暮鼓晨鐘。

② 計時器：時鐘、鬧鐘、鐘錶、鐘擺。

③ 指時間：十分鐘、六點鐘、鐘點女傭。

辨析

- 作為姓氏，不要誤寫為"鐘"；鐘鼎文，不要誤寫為"鍾"。
- 形容衰老、行動不便的樣子的"老態龍鍾"一詞用"鍾"。

九畫

簡體字

繁體字

易錯指數：●●○○○

适（亦可寫為"适"）（普）kuò（粵）kut3〔括〕
用於人名。

適（普）shì（粵）sik1〔色〕

❶ 適合：適當、適用。
❷ 恰好：適中、適可而止、適得其反、適逢其會。
❸ 舒服：舒適、身體不適。
❹ 去：無所適從。

附註

● 古人南宮适、洪适的"适"讀 kuò，此字本作适，為了避免
與"適"的簡化字混淆，可恢復本字"适"。

九畫

簡體字

繁體字　　秋　　　　　　　鞦

易錯指數：●○○○○

秋　（普 qiū　粵 cau1〔抽〕）

❶ 秋季：秋風、秋雨、深秋、秋高氣爽、秋毫無犯。

❷ 指一年：千秋萬歲。

❸ 指某個時期：多事之秋、危急存亡之秋。

❹ 姓氏（Qiū）。

鞦　（普 qiū　粵 cau1〔抽〕）

鞦韆（古籍中亦寫為"秋千"）。

九畫

簡體字　种

繁體字　种　　種

易錯指數：●●○○○

- -

种　（普 Chóng　粵 zung2〔腫〕）

姓氏。

種　（普 zhǒng　粵 zung2〔腫〕）

❶ 物種的簡稱：家犬是哺乳動物犬科犬屬的一種。

❷ 人種，種族：黃種、黑種、白種。

❸ 宗族，族類：王侯將相，寧有種乎？

❹ 生物傳代繁殖的物質：種子、選種、撒種、配種、點種。

❺ 類別，式樣：軍種、兵種、語種、特種部隊。

❻ 膽量，骨氣（跟"有、沒有、沒"等連用）：有種、沒種。

❼ 量詞：一種植物、三種設計、種種情況、兩種不一樣的感覺。

❽ 姓氏（Zhǒng）。

九畫

種　⬚ zhòng　⬚ zung3〔眾〕

❶ 種植，栽：種瓜得瓜，種豆得豆、刀耕火種。
❷ 接種（疫苗）：種痘、種卡介苗。

辨析

● "种""種"都可以作為姓氏，但讀音不同。

簡體字　　　　　復

繁體字　　　復　　複　　覆

易錯指數：●●●●●

復 （普 fù 粵 fuk6〔服〕）

❶ 恢復：光復、收復，復國、復辟、復甦、復古節。

❷ 報復：復仇。

❸ 再，又：復查、復核、復試、復審、復診、死灰復燃、一去不復返。

❹ 轉過去或轉回來（亦可以寫為"覆"）：反復、反復無常、翻來復去、循環往復。

❺ 回答（常用"覆"）：答復、復信、函復、電復。

複 （普 fù 粵 fuk6〔服〕）

❶ 重複：複製、複寫、複述、複習、山重水複。

❷ 繁複，並非單一的：複姓、複合元音。

覆 （普 fù 粵 fuk6〔服〕）

❶ 傾、翻：覆亡、覆沒、顛覆、覆水難收、重蹈覆轍、翻手作雲覆手雨、覆巢之下無完卵。

❷ 遮蓋：覆蓋、天覆地載。

❸ 回答：答覆、候覆、覆電、覆函。

辨析

● "復、複"兩個字音義兩近，簡轉繁時"復"字該轉為哪
個字往往不易判斷。又由於 1964 年頒佈的《簡化字總表》
"復、複"與"覆"三個字全都簡化為"复"，等到 1986 年
才宣佈"覆"字不簡化，但是內地許多人仍然把"覆"照
簡為"复"，這就更增加了簡轉繁時的混亂和困難。下筆時
宜多留神。

九
畫

簡體字

繁體字 修 脩

易錯指數：●●●○○

九畫

修 （普 xiū 粵 sau1〔羞〕）

❶ 裝飾使完美：修飾、修辭、裝修。

❷ 整治，修理：修明（治理國家有法度）、修補、修鞋、修傢具、修洗衣機。

❸ 撰寫，編寫：修縣誌、修史。

❹ 學習，鑽研，鍛煉：自修、研修、修了兩門課。

❺ 興建，建築：修渠、修機場、修高速公路。

❻ 剪、削使整齊：修指甲、修眉毛、修樹枝。

❼ 修行：修道、修煉、修身養性。

❽ 長：修短（長短）、修齡（長壽）、茂林修竹。

❾ 善，美好：修名（美名）。

❿ 指賢德的人：景慕前修。

⓫ 姓氏（Xiū）。

脩 （普 xiū 粵 sau1〔羞〕）

❶ 乾肉：脩脯。

❷ "束脩" 的簡稱，用以指送給老師的酬金：脩金。

辨析

• 在古代，"脩"原本指乾肉，是弟子用來送給老師作酬金的。"束脩、脩金"等詞中的"脩"，不能寫作"修"。

九畫

簡體字

繁體字

易錯指數：●○○○○

須 〔普 xū 粵 seoi1〔需〕〕

❶ 要：必須、務須、須要、育嬰須知。

❷ 等：須晴日，看紅裝素裹，分外妖嬈。(毛澤東詞)

❸ 其他組詞：須臾。

鬚 (古籍中亦寫為"須") 〔普 xū 粵 sou1〔蘇〕〕

❶ 鬍子：鬍鬚、鬚髮俱白。

❷ 鬚子：觸鬚。

附註

● "髟"與鬚髮有關，書寫時注意形義關係，便可知曉"鬍鬚、觸鬚"類應用"鬚"。

簡體字

繁體字　跡　　蹟

跡 曾 jì 粵 zik1〔積〕

❶ 留下的印痕：足跡、蹤跡、行跡、墨跡、手跡。
❷ 跡象、形跡：跡近誆騙。

蹟 曾 jì 粵 zik1〔積〕

❶ 前人遺留下的建築：古蹟、陳蹟、遺蹟。
❷ 行為、活動：功蹟、事蹟、奇蹟、劣蹟。

附註

- "古蹟、事蹟"等義，現已漸趨統用"跡"。

九畫

簡體字

繁體字

易錯指數：●●○○○

姜 ⓟ Jiāng ⓨ geong1〔疆〕

姓氏。

薑 ⓟ jiāng ⓨ geong1〔疆〕

植物名，根莖有辣味，可作調味品：生薑、嫩薑、薑還是老的辣。

辨析

● 薑，從草，故"生薑、嫩薑"等寫為"薑"。

九畫

簡體字

繁體字

洒

灑

易錯指數：●○○○○

. . . .

洒 〔普 sǎ 〕〔粵 saa2〔耍〕〕

用於 "洒家"，人稱代詞，宋元時期北方口語，男性自稱：洒家是經略府提轄，姓魯。

灑 〔普 sǎ 〕〔粵 saa2〔耍〕〕

❶ 使水或別的液體分散地落下：灑淚、灑掃、灑水掃地、噴灑農藥。

❷ 東西散開落下：灑落、大米灑了一地、把灑在桌上的飯粒撿起來。

❸ 傳播，擴散：灑向人間都是愛。

❹ 言談舉止自然，不拘束：飄灑、瀟灑、灑脫、洋洋灑灑。

❺ 姓氏（Sǎ）。

辨析

● 除了 "洒家" 這個詞，簡轉繁都作 "灑"。

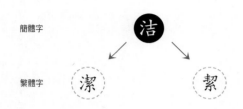

簡體字 洁

繁體字 潔 絜

易錯指數：●●●○○

潔 〔普 jié 粵 git3〔結〕〕

❶ 沒有雜質，乾淨：潔淨、保潔、清潔、玉潔冰清。

❷ 比喻沒有雜念、私心：純潔、聖潔。

❸ 比喻廉潔，不貪婪：高潔。

絜 〔普 jié 粵 git3〔結〕〕

用於人名。

絜 〔普 xié 粵 kit3〔竭〕〕

❶ 用繩子量物體周圍的長度：見大樹，絜之百圍。

❷ 衡量：度長絜大。

❸ 用於姓氏人名。

辨析

● "絜" 讀 xié 或 jié 時均可用於姓氏人名；讀 xié 時，一定要用 "絜" 而不能用簡體 "洁"。

簡體字

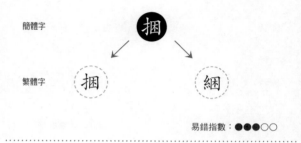

繁體字　捆　　綑

易錯指數：●●●○○

捆　〔普〕kǔn　〔粵〕kwan2〔菌〕

❶ 用繩子等把東西纏緊、打結：捆行李、捆縛、捆綁、捆紮。

❷ 捆成的東西：秫秸捆兒。

❸ 量詞，用於成捆的東西：一捆大蔥、兩捆小白菜。

綑　〔普〕kǔn　〔粵〕kwan2〔菌〕

把某物捆在一起：綑綁。

辨析

● 當動詞使用，二者均可。量詞和名詞用法，則使用"捆"。

十畫

簡體字

哲

繁體字

哲

喆

易錯指數：●●○○○

哲 〔普〕zhé 〔粵〕zit3〔節〕

❶ 賢明，明智：哲理、哲人、哲兄（敬稱別人的兄長）、哲嗣（敬稱別人的兒子）。

❷ 聰明有智慧的人：先哲、賢哲、聖哲。

喆 〔普〕zhé 〔粵〕zit3〔節〕

用於人名。

附註

● 《第一批異體字整理表》中，"喆" 為 "哲" 的異體字，今 "喆" 字可用於人名。

十畫

簡體字

繁體字

易錯指數：●●●●○

挽　(普 wǎn 粵 waan5〔綰〕)

❶ 拉：挽弓、手挽手、挽留。

❷ 扭轉：挽救、挽回。

❸ 向上捲：挽袖。

輓　(亦可寫為"挽")　(普 wǎn 粵 waan5〔綰〕)

❶ 哀悼死者：輓歌、輓聯、敬輓。

❷ 牽引（車輛）：輓車。

十畫

簡體字

繁體字

易錯指數：●●●●○

挨 〔普 āi 粵 aai1〔埃〕〕

❶ 順次序：挨家挨戶、挨次檢查。

❷ 靠近：挨近、一個挨着一個、我的家挨着工廠。

捱 〔普 ái 粵 ngaai4〔涯〕〕

❶ 忍受：捱打、捱飢受餓。

❷ 艱難地度過時間：捱過了三年困難時期。

❸ 拖延：捱時間。

簡體字

繁體字

易錯指數：●●●●○

獲 〔普 huò 〕〔粵 wok6〔鑊〕〕

❶ 捉住：捕獲、俘獲、漁獲。
❷ 得到：獲得、獲取、獲准、獲獎、獲救、獲利甚
　豐、不勞而獲、一無所獲。

穫 〔普 huò 〕〔粵 wok6〔鑊〕〕

收割：收穫。

十畫

辨析

● 除了“收穫”之外，其他都轉換為“獲”。

簡體字 恶

繁體字 惡 噁

易錯指數：●●●○○

惡 （普 è 粵 ok3〔噁〕）

❶ 壞，劣：罪惡、醜惡、萬惡、作惡、惡行、惡名、惡言、惡習、無惡不作、窮兇極惡。

❷ 兇狠：惡人、惡魔、惡霸、惡毒、惡狠狠。

惡 （普 wū 粵 wu1〔烏〕）

文言虛詞，表示驚歎：惡，是何言也！

惡 （普 wù 粵 wu3〔烏【陰去】〕）

憎恨：厭惡、憎惡、深惡痛絕、好逸惡勞。

噁 （普 ě 粵 ok3〔惡〕）

想吐的感覺：噁心。

十畫

簡體字

繁體字

易錯指數：●●○○○

栗　（普 lì　粵 leot6〔律〕）

❶ 植物名：栗子、栗色、醋栗、火中取栗。

❷ 姓氏（Lì）。

慄　（古籍中亦寫為"栗"）　（普 lì　粵 leot6〔律〕）

發抖、哆嗦：顫慄、股慄（害怕得大腿發抖）、不寒
而慄。

簡體字　致

繁體字　致　　緻

易錯指數：●●●●●

致 〔普〕zhì 〔粵〕zi3〔至〕

❶ 給予：致函、致電、致意、致謝、致敬、致歡迎辭。

❷ 導致：以致、致使、致命、致死。

❸ 集中：致力、專心致志。

❹ 情趣：興致、景致、別致、淋漓盡致、錯落有致、曲折有致、毫無二致。

緻 〔普〕zhì 〔粵〕zi3〔至〕

精密，精細：細緻、精緻、工緻、緻密。

辨析

- 常見的錯誤出現在該寫 "致" 的地方誤寫為 "緻"，如把 "興致、別致、趣致（粵語方言詞）" 的 "致" 誤寫為 "緻"。

- 可以這樣記：除了 "細緻、精緻、工緻、緻密" 這四個詞之外，其他組詞都應該用 "致"。

十畫

簡體字

繁體字

易錯指數：●●●○○

党　(普 dǎng 粵 dong2〔擋〕)

❶ 党項（古代羌族的一支，北宋時建立西夏政權）。
❷ 姓氏（Dǎng）。

黨　(普 dǎng 粵 dong2〔擋〕)

❶ 政黨：共產黨。
❷ 小集團：死黨、結黨營私。
❸ 偏袒：黨同伐異。
❹ 宗族：父黨、母黨。

辨析

● 常見的錯誤出現在該寫"党"的地方誤寫為"黨"，如把"党
項"誤寫為"黨項"。

十畫

簡體字

繁體字　晃　　　　　提

易錯指數：●●●○○

. . . .

晃　（普 huǎng 粵 fong2〔訪〕）

❶閃耀：太陽晃得眼睛睜不開。

❷閃過：虛晃一刀、窗外有個人影一晃就不見了。

晃　（普 huàng 粵 fong2〔訪〕）

新晃鎮（地名，在湖南）。

提　（亦可寫為 "晃"）（普 huàng 粵 fong2〔訪〕）

搖動：搖提、提盪、提悠、搖頭提腦。

附註

● "幌"（huǎng，指 "帷幔"）字不簡化為 "晃"。

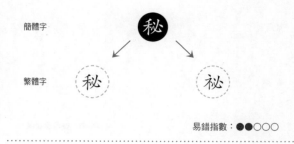

簡體字　秘

繁體字　秘　　　　祕

易錯指數：●●○○○

秘 〔普 mì 粤 bei3〔臂〕〕

❶ 不公開的，不讓大家知道的：秘密、秘史、秘方。

❷ 保守秘密：秘不示人、秘而不宣。

❸ 稀有，少見：秘寶、秘本。

❹ 姓氏（Mì）。

秘 〔普 Bì 粤 bei3〔臂〕〕

❶ 用於國名：秘魯。

❷ 姓氏。

祕 〔普 Mì 粤 bei3〔臂〕〕

姓氏。

附註

● 《第一批異體字整理表》中，"祕"為"秘"的異體字，今"祕"字可用於姓氏人名。

十畫

簡體字 借

繁體字 借 藉

易錯指數：●●●●●

借 〔普〕jiè 〔粵〕ze3〔蔗〕

❶ 借東西：借書、借錢、借貸、借據、借鏡、借喻、借詞（即外來詞）、出借、租借、續借。

❷ 利用：借刀殺人、借古諷今、借題發揮、借屍還魂、借花獻佛、借箸代籌、背城借一。

藉 〔普〕jiè 〔粵〕ze3〔蔗〕

假託，依賴：藉口、藉詞（即藉口）、藉手、藉端（亦可寫為"借端"）、藉故、藉以、藉助（亦可寫為"借助"）、憑藉。

附註

● "藉"在以下情況不簡化：

（一）藉 jí

❶ 形容眾多雜亂或聲名極壞：杯盤狼藉、聲名狼藉。

❷ 踐踏，侮辱。

十畫

（二）藉 jiè

❶ 墊：枕藉、眠花藉柳。

❷ 其他組詞：慰藉、蘊 (yùn) 藉（形容說話或文章含蓄而不顯露）。

● "藉" 與 "籍"，形似音同，須留意區別。

簡體字 俯

繁體字 俯　頫　俛

易錯指數：●●●○○

十畫

俯 〔普 fǔ 〕〔粵 fu2〔苦〕〕

❶ 低頭（跟"仰"相對）：俯視、俯仰之間、俯首甘為孺子牛。

❷ 蟄伏，潛伏：蟄蟲咸俯、冬俯夏遊。

❸ 用於敬稱對方的動作：俯允（稱上級或對方允許）、俯念、俯就。

頫 〔普 fǔ 〕〔粵 fu2〔苦〕〕

用於人名：趙孟頫（元朝書畫家）。

俛 〔普 miǎn 〕〔粵 fu2〔苦〕〕

❶ 勤勞，勤勉：俛焉孜孜不倦。

❷ 用於"僶俛"，義同"黽勉"，表示勉勵、努力。

附註

● 《第一批異體字整理表》中，"頫"為"俯"的異體字，今"頫"字可用於人名。

簡體字 脏

繁體字 臟 髒

易錯指數：●●●●●

臟 〔普 zàng 粵 zong6〔狀〕〕

身體內部器官的統稱：內臟、五臟、臟腑。

髒 〔普 zāng 粵 zong1〔莊〕〕

不乾淨：骯髒、把手弄髒了。

辨析

● "脏" 和 "髒" 的字形相差太遠，不容易聯想到它們之間存在簡繁體的關係，簡轉繁時往往想不起 "脏" 對應的繁體是哪個字。

十畫

簡體字　淒

繁體字　淒　　　　悽

易錯指數：●●●○○

淒　〔普 qī 〕〔粵 cai1〔妻〕〕

❶ 寒冷：淒寒、淒厲、淒風苦雨、風雨淒淒。
❷ 冷落，蕭條：淒清、淒涼。

悽　〔普 qī 〕〔粵 cai1〔妻〕〕

悲傷：悽愴、悽切、悽楚、悽慘、悽苦、悽婉、悽然、悽惶。

辨析

● 形容悲傷難過時用"悽"。

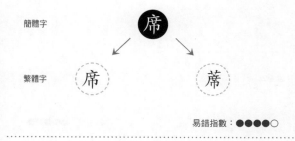

易錯指數：●●●●○

席 〔普 xí 粵 zik6〔夕〕〕

❶ 席位：出席、入席、缺席、退席。

❷ 成桌的飯菜：酒席。

❸ 量詞：一席話、一席酒。

❹ 姓氏（Xí）。

蓆 （亦可寫為"席"） 〔普 xí 粵 zik6〔夕〕〕

蓆子：草蓆、竹蓆、涼蓆、沙灘蓆。

辨析

- 除了指具體的蓆子之外，以下帶書面語色彩的語詞習慣上都只寫為"席"：席地而坐、席不暇暖、席捲天下、割席分坐、幕天席地、座無虛席、與君一席話。

十畫

簡體字　准

繁體字　准　　準

易錯指數：●●●●●

准 普 zhǔn 粵 zeon2〔儘〕

允許：准許、准予、不准、批准、御准、准考證、《准風月談》（魯迅作品名）。

準 普 zhǔn 粵 zeon2〔儘〕

❶ 標準：準繩、準則、水準、基準、以此為準。

❷ 正確：準確、準時。

❸ 將要成為的，比正式低一級：準將（軍銜，比少將低一級）、準新娘、準港姐、準決賽。

❹ 其他組詞：隆準（高鼻子）。

辨析

- 常見的錯誤出現在該用"准"的地方誤寫為"準"，如把"准許"誤寫為"準許"，把"批准"誤寫為"批準"。

- 人名用字"准"（如內地現代作家李准），轉換繁體時到底是"准"還是"準"，須仔細核實查證。

十畫

簡體字　症

繁體字　症　　　癥

易錯指數：●●●○○

症 （普 zhèng 粵 zing3〔政〕）

疾病：病症、急症、診症室、不治之症。

癥 （普 zhēng 粵 zing1〔蒸〕）

腹中結塊的病：癥結（比喻事情或問題不能解決的關鍵
所在）。

十畫

簡體字　資

繁體字　資　　貲

易錯指數：●●○○○

資 〔普 zī 粵 zi1〔支〕〕

❶ 財物，費用：郵資、工資、集資、合資。

❷ 資本家，資方：勞資關係。

❸ 資料，材料：師資、談資。

❹ 資助：資敵（以財物等幫助敵人）。

❺ 供給，提供：以資鼓勵、可資對比。

貲 〔普 zī 粵 zi1〔支〕〕

❶ 計算，估量（多指財物方面）：所費不貲（形容花費很大）。

❷ 用於姓氏人名。

附註

● 《第一批異體字整理表》中，"貲" 為 "資" 的異體字，今 "貲" 字可用於姓氏人名，也可用來表示 "計算，估量" 義。

十畫

簡體字

繁體字

易錯指數：●●●●○

烟 （普 yīn 粵 jan1〔因〕）

用於"烟熅"，即"氤氳"，用來形容煙雲瀰漫的樣子，如"空山多秀色，秋水共烟熅"；也可用來形容古代萬物產生以前陰陽二氣混混沌沌的樣子，如"天地烟熅，萬物化醇"。

煙 （普 yān 粵 jin1〔胭〕）

❶ 物質燃燒時產生的氣體：炊煙、煤煙、煙消火滅。

❷ 像煙的東西：煙霧、雲煙。

❸ 煙燻所積的黑色物：松煙、鍋煙。

❹ 煙刺激眼睛流淚或睜不開：屋子裏全是煙，煙了我們眼睛了。

❺ 煙草：煙葉、烤煙。

❻ 煙草製品：旱煙、捲煙、雪茄煙。

❼ 大煙，鴉片：煙土、禁煙運動、虎門銷煙。

❽ 姓氏（Yān）。

十畫

菸　⟨普⟩ yān　⟨粵⟩ jin1〔胭〕

義同"煙草",主要通行於台灣地區。

辨析

- 在"煙草製品""鴉片"等意義上,"煙""菸"通用。而在現代漢語共時層面,"煙"的義項涵蓋"菸"的義項,在"煙火""像煙的東西"等義項上,只能寫作"煙"。

十畫

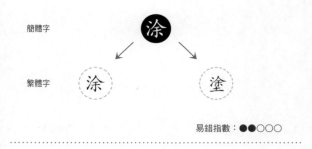

簡體字　　　涂

繁體字　　　涂　　　　　　　塗

- -

涂 〔普 Tú 粵 tou4〔圖〕〕

姓氏。

塗 〔普 tú 粵 tou4〔圖〕〕

❶ 塗抹：塗上一層漆、牆上被亂塗了一通、把那個
　字塗掉。
❷ 泥：塗炭。
❸ 在河流入海處或海岸附近因泥沙沉積而形成的淺
　海灘：灘塗。
❹ 同"途"：假塗於鄰國。
❺ 姓氏（Tú）。

辨析

- 古代"涂""塗"不是一個姓氏。

十畫

簡體字　涌

繁體字　涌　　　湧

易錯指數：●●●●○

涌 （普 chōng 粵 cung1〔聰〕）
用於地名：鰂魚涌（在香港）、溪涌（在廣東）。

湧 （古籍中亦寫為"涌"）（普 yǒng 粵 jung2〔擁〕）
❶ 水向上冒：湧泉、洶湧、騰湧、溪流暴湧。
❷ 如水湧出：風起雲湧、不斷湧現。

十畫

辨析

- 對於內地的人來説，作為地名的"涌"比較生僻，容易把它誤認為是"湧"的簡體字，因而在簡轉繁時誤把"東涌、鰂魚涌"等香港地名誤轉為"東湧、鰂魚湧"。

簡體字　家

繁體字　家　　傢

易錯指數：●●○○○

家　（普 jiā　粵 gaa1〔嘉〕）

❶ 家庭：家人、家室、家常、家傳、家計、家鄉、安家、當家、家喻戶曉、成家立業、白手起家。

❷ 謙詞：家父、家公、家兄、家嫂。

❸ 行家，專家：商家、作家、科學家、藝術家、社會活動家。

❹ 學術流派：儒家、道家、法家、一家之言、百家爭鳴、自成一家。

❺ 馴養的：家禽、家畜、家鴿、家兔。

❻ 量詞：一家商店、一家報紙、一家銀行、一家飯館。

家　（普 jie　粵 ze1〔嗟〕）

同"價（jie）"。結構助詞，用於某些狀語之後：成天家忙。

傢 普 jiā 粵 gaa1〔嘉〕

器具：傢具、傢什、傢伙（亦可用來謔稱人：你這個鬼傢伙）、傢俬（粵語方言詞）。

辨析

一般而言，除"傢具、傢什、傢伙、傢俬"外，均用"家"。

簡體字　据

繁體字　据　　　據

易錯指數：●●●●○

据 （普 jū 粵 geoi1〔居〕）

拮据（經濟境況不好：手頭拮据）。

據 （普 jù 粵 geoi3〔句〕）

❶ 佔有：佔據、盤據、據為己有。
❷ 按照：依據、根據、據說、據理力爭、據實報告。
❸ 依靠：據點、據險固守。
❹ 憑證：憑據、字據、借據、真憑實據。

辨析

● "拮据"不可寫為"拮據"。"拮据"形容缺少錢、境況窘迫，只有此詞用"据"，其他繁體均作"據"。

十一畫

簡體字　累

繁體字　累　　　纍

易錯指數：●●●●○

. . . .

累　〔普〕léi 〔粵〕leoi4〔雷〕

累贅（多餘、麻煩）。

累　〔普〕lěi 〔粵〕leoi5〔呂〕

❶ 增加，重疊：累積、累計、成千累萬、危如累卵、日積月累。

❷ 屢次：累教不改。

❸ 累積眾多的樣子：罪行累累。

❹ 連續：歡聚累日、連篇累牘。

❺ 牽涉：帶累、連累、牽累、累及無辜。

累　〔普〕lèi 〔粵〕leoi6〔淚〕

疲勞，使疲勞：疲累、勞累、累死人啦。

纍　〔普〕léi 〔粵〕leoi4〔雷〕/leoi5〔呂〕

❶ 囚繫（亦可寫為"累"）：纍囚、纍絏、繫纍。

❷ 纍纍 ①，表示接連成串：果實纍纍。

❸ 纍纍 ②，形容疲憊失意的樣子：纍纍若喪家之犬。

辨析

- "累累"（lěilěi）與 "纍纍"（léiléi）的讀音、義項和用法均不同。"累累" 表示累積得很多，如 "罪行累累"；也表示屢屢之意，如 "累累失誤"。

簡體字 假

繁體字 假　　叚

易錯指數：●●○○○

假 （普 jiǎ 粵 gaa2〔賈〕）

❶不真實，不是本來的（跟"真"相對）：假髮、假牙、假嗓子、假情假義。

❷借用：假手於人、狐假虎威、不假思索。

❸假定：假設、假說、假想。

❹假如：假使、假若。

❺姓氏（Jiǎ）。

假 （普 jià 粵 gaa3〔嫁〕）

❶按照規定暫時停止工作或學習的時間：寒假、暑假、假期。

❷請求並經過批准的暫停工作或學習的時間：病假、事假、續假。

叚 （普 Xiá）

姓氏。

十一畫

附註

- 《第一批異體字整理表》中，"叚"為"假"的異體字，今
  "叚"字可用於姓氏人名，讀 xiá。
- "不假思索"易誤寫作"不加思索"，須多加留意。

簡體字　　衔

繁體字　　衔　　　　　啣

易錯指數：●●○○○

衔 〔普 xián〕〔粵 haam4〔函〕〕

衔頭：學衔、軍衔、頭衔。

啣 （亦可寫為“衔”）〔普 xián〕〔粵 haam4〔函〕〕

❶ 口含：燕子啣泥、啣枚疾走。

❷ 心懷：啣恨、啣冤。

❸ 其他組詞：啣命（奉命）、啣接。

簡體字

繁體字

易錯指數：●●●●○

欲 (曾) yù (粵) juk6〔肉〕

❶ 要，希望：欲擒故縱、欲蓋彌彰、暢所欲言、隨
心所欲。

❷ 將要：山雨欲來、搖搖欲墜。

慾 (古籍中亦寫為"欲") (曾) yù (粵) juk6〔肉〕

慾望：食慾、性慾、求知慾、慾火焚身。

簡體字 彩

繁體字 彩 綵

易錯指數：●●●●○

彩 〔普〕cǎi 〔粵〕coi2〔采〕

❶ 顏色：色彩、彩霞、彩虹、彩綢。

❷ 其他組詞：精彩、中彩、喝彩、彩頭、掛彩（負傷流血）、豐富多彩。

綵 〔普〕cǎi 〔粵〕coi2〔采〕

❶ 彩色的絲綢：剪綵、張燈結綵。

❷ 用彩色絲綢裝飾的：綵舟、綵樓、綵燈會。

❸ 其他組詞：綵排。

辨析

- 常見的錯誤出現在該寫"綵"的地方誤寫為"彩"，如把"剪綵"誤寫為"剪彩"，把"張燈結綵"誤寫為"張燈結彩"。此外，"綵舟、綵禮、綵燈會、綵排"也多用"綵"，但現也有統用"彩"的情況出現。

十一畫

附註

● "彩、綵"不能簡化為"采"字。"精彩""喝彩"不能簡化
為"精采""喝采"。

簡體字 旋

繁體字 旋　　　鏇

易錯指數：●●○○○

旋　（普 xuán　粵 syun4〔船〕）

❶ 返回：凱旋。

❷ 很快地：旋即。

❸ 轉動：旋轉、回旋、盤旋、螺旋、天旋地轉。

❹ 其他組詞：旋踵、旋律。

旋　（普 xuàn　粵 syun4〔船〕）

回旋的：旋風、旋子（一種金屬器具，也指一種武術動作）。

鏇　（普 xuàn　粵 syun4〔船〕）

❶ 旋轉着切削：鏇工、鏇床、鏇陀螺。

❷ 鏇子（較淺的碟子，或溫酒時盛水的容器）。

附註

● 漩（xuán）字不簡化為"旋"，但是用於液體時，一般作"漩渦"，用於氣體時寫為"旋渦"。

十一畫

簡體字　　　　　　　　　着

繁體字　　　　　着　　　　　著

易錯指數：●●●●○

着 （普 zhāo　粵 zoek6〔自虐切〕）

❶ 在棋盤上安置或挪動棋子一次叫一着：一着不慎，滿盤皆輸。

❷ 計策、手段：着數、絕着兒、花着兒。

着 （普 zháo　粵 zoek6〔自虐切〕）

❶ 接觸，挨上：上不着天，下不着地；歪打正着。

❷ 感到，受到：着急、着慌、着迷、着涼、着雨。

❸ 燃燒，（燈）亮：着火、汽油着了、路燈着了。

❹ 用於動詞後，表示已經達到目的或有了結果：找着了、猜着了、睡着了、嚇着了、抓不着。

着 （普 zhe　粵 zoek6〔自虐切〕）

❶ 助詞，用於動詞後，表示動作正在進行：雨正下着呢；他打着雨傘走在前面。

❷ 助詞，用於動詞或形容詞後，表示狀態的持續：牆上掛着一幅畫、大門開着、燈還亮着。

十一畫

着 (普) zhuó (粵) zoek6〔自虐切〕

❶ 穿（衣）：着裝、着着、衣着。

❷ 貼近，接觸，挨上：附着、着陸、不着邊際。

❸ 使接觸別的事物，使附着在別的事物上：着筆、着色、着墨、不着痕跡。

❹ 把力量或注意力集中在某一方面：着力、着眼、着意、着重。

❺ 下落，着落：尋找無着、衣食無着。

❻ 派遣：着人前往領取、着辦公室主任前往迎接。

❼ 令，飭令（公文用語）：着即照辦。

❽ 用於"執着"。

著

一般情況下，以上"着"的各個義項，均可寫作"著"。

辨析

- "着陸、着落、着實、着想"中的"着"均當讀 zhuó，平時非常容易讀錯，一定要留意。

附註

- "著"（zhù）在以下情況不簡化：
  ❶ 顯明，顯著：彰明較著、見微知著。
  ❷ 顯露，顯示：頗著成效。
  ❸ 寫作，撰述：著書立說、編著、著錄、著述、著者。
  ❹ 著作：巨著、論著、譯著、拙著、原著、名著。

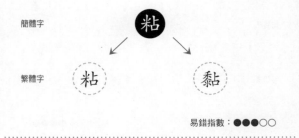

簡體字

繁體字

易錯指數：●●●○○

粘 　（曾 zhān 粵 nim4〔黏〕）

粘貼：粘連、粘住、粘信封。

黏 （亦可寫為“粘”）　（曾 nián 粵 nim4〔粘〕）

有黏性的：黏液、黏膜、黏結。

辨析

● 使用的趨勢是把“粘”和“黏”分開來用，“粘”只讀為 zhān，而讀 nián 時則只寫為“黏”。

十一畫

簡體字

繁體字

易錯指數：●●●●○

淀 〔普 diàn 〔粵 din6〔殿〕〕

淺的湖泊（多用於地名）：白洋淀、荷花淀、北京海
淀區。

澱 〔普 diàn 〔粵 din6〔殿〕〕

渣滓，液體裏沉下的東西：沉澱、澱粉。

簡體字　　　梁

繁體字　　　梁　　　　　　　樑

易錯指數：●●●●○

梁　（普 Liáng　粵 loeng4〔良〕）

❶ 姓氏。
❷ 朝代名。

樑　（古籍中亦寫為 "梁"）　（普 liáng　粵 loeng4〔良〕）

❶ 屋樑：棟樑、樑上君子。
❷ 橋：橋樑、津樑。
❸ 物體中間隆起呈長條形的部分：脊樑、鼻樑、山樑。

辨析

- 用作書名的 "津樑" 習慣上寫為 "津梁"，如《英語津梁》。
- "梁" "樑" 形似音同，須留意區別，如《穀梁傳》中，是 "梁"，而不是 "樑"。

簡體字　　绩

繁體字　　績　　　　　勣

易錯指數：●●○○○

績　〔普〕jì　〔粵〕zik1〔積〕

❶ 把麻分成細縷搓拈成綫或繩子：績麻。
❷ 功業，成果：戰績、業績、功績、成績、績效。

勣　〔普〕jì　〔粵〕zik1〔積〕

用於人名：李勣（唐初大將，本名徐世勣）。

附註

● 《第一批異體字整理表》中，"勣"為"績"的異體字，今
　"勣"字可用於人名。

十一畫

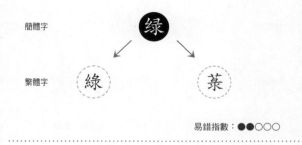

簡體字　綠

繁體字　綠　　　　菉

易錯指數：●●○○○

綠 （普 lǜ 粵 luk6〔錄〕）

❶ 像草和樹葉茂盛時的顏色：紅花還得綠葉扶。

❷ 藍色顏料和黃色顏料混合而成的顏色：燈紅酒綠、綠軍裝。

❸ 使呈綠色，變成綠色：春風又綠江南岸。

綠 （普 lù 粵 luk6〔錄〕）

用於"綠林"，原指山名，也泛指佔山為王、搶劫財物的強盜。

菉 （普 lù 粵 luk6〔錄〕）

用於地名：梅菉（在廣東）。

附註

● 《第一批異體字整理表》中，"菉"為"綠"的異體字，今"菉"字可用於人名、地名。

十一畫

簡體字 搜

繁體字 搜 蒐

易錯指數：●●○○○

搜 〔普 sōu 〕〔粵 sau2〔首〕/sau1〔收〕〕

❶ 到處找：搜集、搜索、搜羅、搜尋、搜救。

❷ 檢查搜索：搜身、搜查、從嫌犯身上搜出一包毒品。

蒐 〔普 sōu 〕〔粵 sau2〔首〕/sau1〔收〕〕

❶ 草名，即茜草。

❷ 春天打獵。

附註

- 《第一批異體字整理表》中，"蒐" 為 "搜" 的異體字，今 "蒐" 字可用於表示草名和春天打獵，其他意義用 "搜"。
- 在個別地區，表示 "搜集" 意義時，也有人習慣用 "蒐"。

十二畫

簡體字

繁體字

確

確

易錯指數：●●●●○

確 〔普 què 粵 kok3〔涸〕〕

犖（luò）确（形容大石叢錯的樣子）。

確 〔普 què 粵 kok3〔涸〕〕

❶ 堅定的：確認、確定、確信。

❷ 真實的，準確的：確切、確鑿、真確、準確、正確、千真萬確。

❸ 確實，的確：確有新意、確為高見。

辨析

- 由於 "犖确" 比較生僻，所以很多詩詞選本把蘇軾詩 "莫嫌犖确坡頭路" 詩句的 "犖确" 誤寫為 "犖確"。

簡體字　喂

繁體字　喂　餵

易錯指數：●○○○○

喂 （普 wèi 粵 wai3〔畏〕）

歎詞，招呼或提醒對方：喂，到家給我發個信息。

餵 （普 wèi 粵 wai3〔畏〕）

❶ 飼養：餵豬、餵雞、餵牲口。

❷ 把食物、藥物等送到人嘴裏：餵飯、餵奶、餵食、餵藥。

辨析

● 表示"招呼、提醒"的意思，用"喂"；表示給人或動物吃，用"餵"。

簡體字

繁體字　鋪　　　舖

易錯指數：●●●●○

鋪 〔普 pū 粤 pou1〔普【陰平】〕〕

❶ 展開，攤平：鋪床、鋪排、鋪展、鋪張。
❷ 寫文章時詳細敘述：鋪陳、鋪敘、平鋪直敘。

舖（亦可寫為 "鋪"）〔普 pù 粤 pou3〔普【陰去】〕〕

❶ 床：床舖、地舖、上舖、臥舖。
❷ 店：店舖、米舖。
❸ 驛站，今多用於地名：五里舖、十里舖。

辨析

● 作動詞用時，一般寫為 "鋪"；作名詞用時，一般用 "舖"。

十二畫

簡體字 筑

繁體字 筑 築

易錯指數：●●●○○

筑 〔普〕zhù 〔粵〕zuk1〔竹〕

❶（Zhù）貴州省貴陽市的別稱。

❷古代一種樂器，像琴，用竹尺敲擊：高漸離擊筑刺秦王。

築 〔普〕zhù 〔粵〕zuk1〔竹〕

修建：建築、構築、築路。

簡體字　御

繁體字　御　禦

易錯指數：●●●●○

御　〔普〕yù 〔粵〕jyu6〔預〕

❶ 趕車：御馬、御風而行。
❷ 駕馭、支配：御下、御夫術。
❸ 與皇帝有關的：御賜、御前、御准、御製、告御狀、御用文人、御駕親征。

禦　〔普〕yù 〔粵〕jyu6〔預〕

抵擋：抵禦、禦寒、禦敵。

辨析

- 常見的錯誤出現在該用 "御" 的地方誤轉為 "禦"，如把 "御夫術" 誤寫為 "禦夫術"，把 "御駕親征" 誤寫為 "禦駕親征"。

十二畫

簡體字	腊
繁體字	腊　　　臘

易錯指數：●●●●●

腊 〔普 xī〕〔粵 sik1〔色〕〕

乾肉。

臘 〔普 là〕〔粵 laap6〔蠟〕〕

❶ 農曆十二月：臘八粥、臘盡冬殘、寒冬臘月。
❷ 醃製或燻製的：臘肉、臘魚、臘鴨、臘腸。
❸ 其他組詞：希臘、方臘（歷史人名）。

辨析

● 除了在古文中意指乾肉用 "腊" 之外，其他情況都轉換為 "臘"。

簡體字　腌

繁體字　腌　　　　　　　　醃

易錯指數：●●●○○

腌　（普 yān）（粵 jim1〔淹〕）

把魚、肉等食品用鹽、糖等浸漬：腌肉、腌雞蛋、腌菜。也可寫作"醃"。

醃　（普 ā）（粵 jim1〔淹〕）

用於"醃臢"，表示不乾淨、不痛快，如：這水太醃臢，不能喝；這事兒弄得我心裏醃臢極了。

醃　（普 āng）（粵 ong1〔盎【陰平】〕）

用於"醃臜"，表示不乾淨。

辨析

- 除了表示"腌製"外，其他義項用"醃"。
- "醃臜"，今作"骯髒"。

十二畫

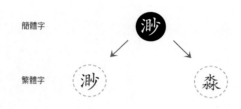

簡體字　渺

繁體字　渺　　　　　　　淼

易錯指數：●●○○○

渺　〔普 miǎo〕〔粵 miu5〔秒〕〕

❶ 形容水大，水廣闊無邊：浩渺、渺茫。
❷ 遠，遼遠：杳渺、渺無人煙。
❸ 因遙遠而模糊不清：渺若雲煙、渺無音信。
❹ 微小：渺小、渺不足道。

淼　〔普 miǎo〕〔粵 miu5〔秒〕〕

❶ 用於地名：淼泉（在江蘇）。
❷ 用於人名。

辨析

● 在表示微小的意義時，不能寫作"淼"。

附註

● 《第一批異體字整理表》中，"淼"為"渺"的異體字，今"淼"字可用於人名、地名等。

十二畫

簡體字　游

繁體字　游　　遊

易錯指數：●●●●○

游　（普）yóu　（粵）jau4〔由〕

❶ 在水中浮行：游水、游泳、暢游。
❷ 河流的一段：上游、中游、下游。
❸ 流動：游資（流動的資金）、游擊、游離、游弋。
❹ 姓氏（Yóu）。

遊　（古籍中亦寫為"游"）　（普）yóu　（粵）jau4〔由〕

❶ 從容地行走、閒逛：遊覽、遊歷、遊戲、遊行、遊
　樂、遊說（shuì）、遊客、遊俠、旅遊、伴遊、神
　遊、周遊、宦遊、遊山玩水、遊刃有餘。
❷ 逍遙：優遊、優哉遊哉。
❸ 轉移的，行蹤不固定的：遊子、遊牧、散兵遊勇。
❹ 其他組詞：交遊、遊手好閒。

辨析

● 浮行為游，行走為遊。兩字同音義通，古籍中往往互相通
　用，但與水有關的，仍作"游"，不作"遊"。——《辭源》

十二畫

第三版上冊第 2434 頁寫的這段話,是判別用 "游" 抑或用 "遊" 的重要依據。

- 在表示流動、轉移時,"游" 與 "遊" 有共通之處,但 "游 資、游擊" 習慣上不寫為 "遊"。

簡體字　擺

繁體字　擺　　　襬

易錯指數：●○○○○

擺　（普 bǎi　粵 baai2〔捭〕）

❶搖動：搖擺、擺動、擺手、大搖大擺、搖頭擺尾。

❷安放，排列：擺好東西、擺龍門陣、一字兒擺開
幾十條船。

❸亮出，顯示：擺事實、擺條件。

襬　（普 bǎi　粵 baai2〔捭〕）

衣服下襬。

辨析

● 除了衣服下邊部分用 "襬" 之外，其他情況都轉換為 "擺"。

十三畫

簡體字

繁體字

蒙 〔普 mēng 粵 mung4〔矇〕

昏迷，神志不清：發蒙、他被球打蒙了。

蒙 〔普 méng 粵 mung4〔矇〕

❶ 小兒：童蒙。

❷ 受到：蒙難、蒙羞、蒙塵（古時天子出奔）、承蒙
   錯愛。

❸ 蒙蔽：蒙哄、蒙混。

❹ 遮蓋，隱藏：蒙面俠、用手蒙住眼。

❺ 缺乏知識：蒙昧、愚蒙、啟蒙。

❻ 姓氏（Méng）：蒙恬。

蒙 〔普 Měng 粵 mung4〔矇〕

蒙古：內蒙古。

十三畫

矇 　普 mēng　粵 mung4〔夢【陽平】〕

❶ 欺騙：矇騙、欺上矇下。

❷ 胡亂猜測：想好了才答，別瞎矇。

矇 　普 méng　粵 mung4〔夢【陽平】〕

看不清，失明：矇矓。

濛 　普 méng　粵 mung4〔矇〕

濛濛（形容雨點等細而小）：煙雨濛濛。

懞 　普 méng　粵 mung4〔矇〕

忠厚的樣子：敦懞純固。

附註

- "矇矓"（ménglóng），表示日光不明，如"天色矇矓"。
- "朦朧"（ménglóng），表示月色不明或模糊，如"月色朦朧、煙霧朦朧"。
- "矓朧"（ménglóng），表示將睡未睡或將醒未醒時，眼睛半開半閉、視覺模糊不清的樣子，如"醉眼矓朧"。

十三畫

簡體字

繁體字

易錯指數：●●○○○

. . . .

碗 〔普 wǎn 〕〔粵 wun2〔腕〕〕

❶ 盛飲食的器具：飯碗、海碗、鐵飯碗、砸飯碗。
❷ 像碗的東西：軸碗兒。

梡 〔普 wǎn 〕〔粵 wun2〔腕〕〕

用於"橡梡"，即橡樹果實的外殼。

附註

● 《第一批異體字整理表》中，"梡"為"碗"的異體字，今
  "梡"字用於科學技術術語，如"橡梡"，其他意義用"碗"。

十三畫

簡體字

繁體字

簽　　　籤

易錯指數：●●●●○

簽 （普 qiān 粵 cim1〔僉〕）

❶ 署名：簽名、簽到、簽收、簽署。
❷ 題寫簡明的意見：簽定、簽發、簽批、簽約、簽證、草簽。

籤 （普 qiān 粵 cim1〔僉〕）

❶ 尖細的竹（木）條：竹籤、牙籤。
❷ 用作標記的片狀物：標籤、抽籤、書籤。
❸ 卜具：神籤、籤詩、求籤。

辨析

● 作動詞用時，一般寫為 "簽"；作名詞用時，"籤" "簽" 均可，習慣上作 "籤"。

十三畫

簡體字

繁體字

易錯指數：●●●○○

愈 〔普 yù 粵 jyu6〔預〕〕

❶ 更加：愈加、每況愈下、山路愈走愈陡。

❷ 其他組詞：韓愈（唐代文學家）。

癒 （亦可寫為"瘉"） 〔普 yù 粵 jyu6〔預〕〕

病好：痊癒。

辨析

● 除了病好用"癒"之外，其他情況都轉換為"愈"。

十三畫

簡體字

繁體字　溪　　　　　谿

易錯指數：●●●○○

溪 〔普 xī 〕〔粵 kai1〔稽〕〕

❶山間小河溝，泛指小河溝：小溪、溪流、溪澗、
沿溪而行。

❷姓氏（Xī）。

谿 〔普 xī 〕〔粵 kai1〔稽〕〕

❶用於"勃谿"，表示家庭爭吵：婦姑勃谿（媳婦和
婆婆爭吵）。

❷用於姓氏人名。

辨析

● 表示小河溝時，也可寫作"谿"；但表示姓氏時，只能用
"溪"。

附註

● 《第一批異體字整理表》中，"谿"為"溪"的異體字，今
"谿"字可用於姓氏人名。

十三畫

簡體字 漓

繁體字 漓　　　　　　　　　灕

易錯指數：●●●●○

漓 〔普〕lí 〔粵〕lei4〔籬〕

淋漓（❶ 形容濕透或濕淋淋往下滴：大汗淋漓、墨汁淋漓、鮮血淋漓。❷ 形容暢快：痛快淋漓、淋漓盡致）。

灕 〔普〕lí 〔粵〕lei4〔籬〕

灕江（水名，在廣西）。

辨析

- 常見的錯誤出現在該寫"漓"的地方誤寫為"灕"，如把"淋漓盡致"誤寫為"淋灕盡致"。
- 由於"灕江"簡化為"漓江"，所以很多人不知道"漓江"繁體字的正寫應該是"灕江"。

十三畫

簡體字　　　　　辟

繁體字　　辟　　　　　闢

易錯指數：●●●●○

辟 〔普 bì 〕〔粵 bei6〔鼻〕〕

❶ 古代稱君主：復辟。

❷ 迴避：辟邪。

❸ 其他組詞：鞭辟入裏（形容論辯深刻，見解獨到）。

辟 〔普 pì 〕〔粵 pik1〔霹〕〕

❶ 刑法：大辟（古代指死刑）。

❷ 其他組詞：辟穀（道家一種長生術，不食穀物以求成仙或學道）。

闢 〔普 pì 〕〔粵 pik1〔霹〕〕

❶ 開拓：開闢、開天闢地。

❷ 駁斥：闢謠。

❸ 其他組詞：精闢。

十三畫

辨析

- 常見的錯誤出現在一些比較生僻的詞語上面,如"辟穀、鞭辟入裏"的"辟"常被誤轉為"闢"。
- 繁體"闢謠"和"精闢"的"闢"不能寫為"辟",從讀音上就可識別。

簡體字

蔑

繁體字　　蔑　　　　　　衊

易錯指數：●●●●○

. . . .

蔑　[普 miè　粵 mit6〔滅〕]

❶ 沒有：蔑以復加。

❷ 小，輕：蔑視、輕蔑。

衊　[普 miè　粵 mit6〔滅〕]

誣陷、毀謗：誣衊。

辨析

- "衊" 字比較生僻，"誣衊" 常被誤寫為 "誣蔑"。
- 除了 "誣衊" 用 "衊" 之外，其他情況都轉換為 "蔑"。
- "蔑" 與 "篾" 形近音同，須留意區別。

十四畫

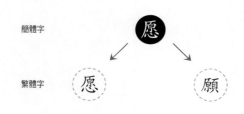

簡體字

繁體字

易錯指數：●●●●○

. . . .

愿 〔普 yuàn 粵 jyun6〔縣〕〕

謹慎，良善：謹愿、鄉愿（外博謹慎良善之名，實與流俗合污的偽善者）。

願 〔普 yuàn 粵 jyun6〔縣〕〕

❶ 願望：心願、志願、如願、平生之願、得償所願。
❷ 願意：自願、情願、但願。
❸ 祈求神佛時許下的酬謝：許願、還願。

辨析

● 常見的錯誤出現在該用 "願" 的地方誤轉為 "愿"，如把 "心願" 誤轉為 "心愿"，把 "許願" 誤寫為 "許愿"。

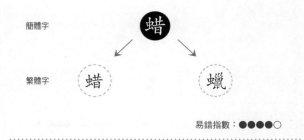

簡體字

繁體字

易錯指數：●●●●○

蜡 〔普 zhà〕 〔粵 zaa3〔詐〕〕

古代年終祭祀：蜡祭。

蠟 〔普 là〕 〔粵 laap6〔臘〕〕

❶ 從動、植、礦物中提煉出來的油脂及其製成品：
蠟燭、油蠟、蜂蠟、蜜蠟、味同嚼蠟。

❷ 其他組詞：蠟黃、蠟梅。

熏

簡體字

繁體字　熏　薰　燻

易錯指數：●●●●○

熏 （普 xūn　粵 fan1〔芬〕）

❶ 氣味接觸物體，使其變色或沾染上氣味：熏染、熏陶、熏衣沐浴。

❷ 和煦：熏風。

❸ 比喻迷惑：利慾熏心。

❹ 姓氏（Xūn）

薰 （普 xūn　粵 fan1〔芬〕）

❶ 一種香草：薰蕕異器。

❷ 同 "熏" 的義項 ❶❷❸。

燻 （亦可寫為 "熏"）　（普 xūn　粵 fan1〔芬〕）

燻製的食品：燻魚、燻肉、燻雞。

附註

- 《第一批異體字整理表》把 "薰" 作為 "熏" 的異體字而淘汰，後來《現代漢語通用字表》恢復 "薰" 作為規範漢字的地位。作為一種香草名的 "薰" 不可簡化為 "熏"。

簡體字

繁體字　管　　　筦

易錯指數：●●○○○

管 （普 guǎn 粵 gun2〔館〕）

❶ 竹管，管子：管道、管中窺豹、管窺蠡測。

❷ 吹奏的樂器：銅管、管絃樂。

❸ 鑰匙：掌北門之管。

❹ 形狀像管子的電器件：電子管、彩色顯像管。

❺ 筆管，指筆：握管。

❻ 量詞：一管毛筆。

❼ 管理：主管、管家、管轄。

❽ 管教：管管孩子。

❾ 擔任（工作）：他管考勤，老李管財務。

❿ 過問，干預：他好管閒事、不要讓他管這事。

⓫ 保證，負責：管保、單位管飯、瓜不甜管換。

⓬ 姓氏（Guǎn）。

筦 （普 Guǎn 粵 gun2〔館〕）

姓氏。

十四畫

辨析

- "管""筦"都可用作姓氏,但有別。其他情況都用"管"。
- "筦"與"莞"不同,後者既可以作姓氏,也可用於地名,
  如"東莞"(在廣東)。

附註

- 《第一批異體字整理表》中,"筦"為"管"的異體字,今
  "筦"字可用於姓氏人名。

簡體字

繁體字

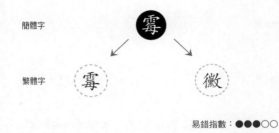

易錯指數：●●●○○

霉 ⓟ méi ⓔ mui4〔梅〕

❶ 發霉：霉變、霉爛、霉氣、霉天、霉雨、霉菌。

❷ 晦氣：倒霉、觸霉頭。

黴（亦可寫為"霉"）ⓟ méi ⓔ mei4〔眉〕

❶ 黴菌：青黴素、鏈黴素、合黴素。

❷ 面目垢黑：黴黑、黴黧。

附註

● 《現代漢語詞典》（第 7 版）將"霉""黴"處理為義項完全無分合的簡繁對應關係。

簡體字

繁體字

易錯指數：●●●○○

糊 ⦿ hū ⦿ wu4〔胡〕
塗抹：糊牆。

糊 ⦿ hú ⦿ wu4〔胡〕
❶ 不清楚，混亂：糊塗、含糊、迷糊、模糊。
❷ 黏狀物：漿糊、麵糊。
❸ 粘上：糊信封、裱糊。
❹ 義同 "煳"，燒焦，變黑：飯糊了、衣服烤糊了。

糊 ⦿ hù ⦿ wu4〔胡〕
❶ 較稠的液態食物：麵糊、芝麻糊。
❷ 其他組詞：糊弄。

餬 (亦可寫為 "糊") ⦿ hú ⦿ wu4〔胡〕
餬口（以粥充飢，比喻生活艱難，勉強度日）。

辨析

- "餬口" 亦可寫為 "糊口"，但習慣上還是寫為 "餬口"。

簡體字

繁體字

澄　　　　　　　　澂

易錯指數：●●●○○

. . . .

澄 (普 chéng 粵 cing4〔呈〕)

❶ 水清澈透明：澄澈見底、澄江如練。

❷ 使清：澄清事實。

澂 (普 chéng 粵 cing4〔呈〕)

用於姓氏人名。

附註

● 《第一批異體字整理表》中，"澂"為"澄"的異體字，今 "澂"字可用於姓氏人名。

十
五
畫

簡體字　　　　　　　　　　　贊

繁體字　　　　　　贊　　　　　　讚

易錯指數：●●●●○

贊 〔普 zàn 粵 zaan3〔讚〕〕

❶ 幫助：贊助。

❷ 同意：贊同、贊成。

讚（古籍中亦寫為"贊"）〔普 zàn 粵 zaan3〔贊〕〕

❶ 稱讚：讚美、讚許、讚歌、讚揚、讚歎、讚頌、
盛讚、誇讚、禮讚、讚不絕口。

❷ 舊時一種文體，用於頌揚（多為韻文）：畫像讚。

辨析

- 常見的錯誤出現在該用"贊"的地方誤寫為"讚"，如把"贊
成"誤寫為"讚成"，把"贊同"誤寫為"讚同"。

簡體字

繁體字

易錯指數：●●●●○

. . . .

雕（亦可寫為"彫""琱"）　普 diāo　粵 diu1〔刁〕

❶ 刻畫：雕刻、雕琢、雕塑、雕蟲小技、雕樑畫棟。

❷ 指雕刻藝術或作品：石雕、浮雕、牙雕。

鵰（亦可寫為"雕"）　普 diāo　粵 diu1〔刁〕

猛禽：射鵰英雄、一箭雙鵰。

作者簡介

　　莊澤義，香港語言文字工作者、研究者。長期從事中國語文教育、辭書編纂及語文讀物的編輯工作，編著有《香港中學生中文詞典》《精緻的中文》《中文趣典》《字詞是非》等語文讀物與工具書凡三十餘種。

　　趙志峰，北京師範大學碩士、博士，中國社科院博士後，人民教育出版社副編審。主要研究方向為文字學、辭書學，在《辭書研究》《出版廣角》《中國文字學》等刊物上發表論文多篇。參與完成的科研項目曾被評為"北京高等教育精品教材"，已編著有《中國現代詩歌經典選讀》和《國學經典選讀》（合著）、《圖書編校質量差錯案例》（合著）等。參加編輯的《漢字源流精解字典》、參加編寫的《新編小學生字典》獲"中國出版政府獎"和"中華優秀出版物"提名獎。

責任編輯	鄭海檳
書籍設計	任媛媛
排　　版	楊　錄

三聯辭書

書　　名	簡繁互轉易錯字辨析手冊（增訂版）
編　　著	莊澤義
增　　訂	趙志峰
出　　版	三聯書店（香港）有限公司 香港北角英皇道 499 號北角工業大廈 20 樓
香港發行	香港聯合書刊物流有限公司 香港新界荃灣德士古道 220-248 號 16 樓
印　　刷	美雅印刷製本有限公司 香港九龍觀塘榮業街 6 號 4 樓 A 室
版　　次	2019 年 6 月香港第一版第一次印刷 2024 年 3 月香港第一版第二次印刷
規　　格	大 48 開（105 mm × 165 mm）280 面
國際書號	ISBN 978-962-04-4466-1